Karl Setz
DODELDUM

DODELDUM

Humoristische Anekdoten

um den berühmten Oberamtsrichter Dodel

Gesammelt und gestaltet von

DR. KARL SETZ

Mit 50 Zeichnungen von Fritz Fischer

Verlag Karl Knödler Reutlingen

Einband unter Verwendung einer Zeichnung von Ludwig Moos:
Herbert Schult

6. Auflage

Printed in Germany 1987
Gesamtherstellung: Ebner Ulm
ISBN 3-87421-074-X

DEN MANEN DES ALTEN

KLEINEN

AMTSGERICHTS

AN DODEL

Verzeih den Anruf aus der Härtsfeldecke,
Geliebter Schatten! Die Unsterblichkeit,
So Dir erwuchs, hat Jahr um Jahr befreit
Uns aus der Ämter Dürr' und Dornenhecke.

Die Sache mit dem Bock, der Geiß und den zwei
Trotz Ofenhitze nicht vergleichsbereit, [„Becke",
Das Kameralamt und der „Scharfe Eid":
So wahr mir sonst mein ganzes Vieh verrecke!

Dein scharfer Geist erkannte nackt und bloß
Die Spieler alle samt Theaterkarren;
Da ließest Du von allem Wahn Dich los,
Des immer noch so halb und halb wir harren:
Du warst nur Dodel und Du wurdest groß
Und spieltest Richterkönig samt dem Narren!

DIE VITA

Zu Ebingen auf der Zollernalb verheiratete sich am 24. April 1849 der Witwer und Rotgerber Wilhelm Adam Dodel mit der Sattlerstochter Maria Magdalena Wohnhas. Dieser Ehe entsproß am 25. März 1850 Wilhelm Dodel, der spätere sagengerühmte Oberamtsrichter von Blaubeuren. Als Wilhelm 13 Jahre alt war, starb die Mutter. Wenig später heiratete der Vater ihre jüngere Schwester. Die Stiefmutter war nur neun Jahre älter als der angeheiratete Knabe.

Der verriet schon bald, daß er einen gesalzenen Schwabenverstand mitbekommen hatte. Man meinte deshalb, daß er ein Jurist werden müsse. Gesagt, getan: Dodel baute eines jener glänzenden Examina, welches ihn in den Orden der schwäbischen „Röhrle" erhob und die Landeshauptstadt Stuttgart zu seinem präsumtiven Wohnsitz und Sterbeort machte. Zuvor hatte er sich allerdings noch auf das kurze Sprungbrett eines provinziellen Amtsgerichts zu stellen. Im Jahre 1878 kam er als Amtsrichter nach Marbach. Am 6. März 1882 ließ er sich in Söflingen mit der dort ansässigen Schatten-Wirts- und Brauereibesitzerstochter Sofie Speidel trauen.

Dodels rauhe Älblernatur bekam den Neckar-Unterländern nicht schlecht. Weniger Anklang fand sie bei dem Stuttgarter Justizminister von Faber. Wiederholte Bewerbungen des Amtsrichters Dodel um vakante Oberamtsrichterstellen im Land fielen durch. Erst

nach der Ablösung der Exzellenz erhielt Dodel 1892 die Oberamtsrichterstelle in Blaubeuren.
Damit begannen die 21 Jahre seiner klassischen Tätigkeit als Richterkönig am kleinen Gericht auf dem Blaubeurer Klosterhof, welche Dodel in die Reihe seiner geistigen Ahnen, des Pfarrers vom Kahlenberg und des weiland Rotgerbers und nachmaligen Pfaffen Peter Leu aus Schwäbisch Hall, stellten. Landauf, landab in Württemberg war der Blaubeurer Oberamtsrichter bekannt als der „Schwäbische Salomo", als „Blautopfkretzer" und vor allem – wie er sich selber nannte – als „der Dodel vo Blaubeure".

Am 15. September 1913 stieg der dreiundsechzigjährige Dodel vom Blaubeurer Richterstuhl herunter, zwei Jahre vor der gesetzlichen Altersgrenze. Er übersiedelte mit der „Frau Oberamtsrichter" nach Ulm, um seinem Sohn den Besuch des Gymnasiums zu erleichtern. Im Ulmer Stadtleben der zwanziger Jahre galt der „Dodel vo Blaubeure" als eines jener räsen Originale, wie sie die Münsterstadt an der Donau immer angezogen, geliebt und kultiviert hat. Gleich Sokrates in Athen ging und stand der Pensionär Dodel in der Hirschgasse und auf dem Münsterplatz herum, um seine Bekannten am Rockknopf in ein – nicht immer gelegenes und bekömmliches – Dodelgespräch zu ziehen. Nach dem Tod seiner Frau übersiedelte Dodel senex zu seinem Sohn nach Bayern. Dort starb er am 24. Januar 1934 in seinem 84. Lebensjahr.
Wie ein Magnet hat Dodels Schatten – nicht anders als Dodel im Licht – die Sage und den Ruhm anderer schwäbischer Amtsrichter, die in Ruhe und rauher Luft amtierten und hinschwanden, an sich gezogen.

DIE SACHE MIT DEN AKTEN

Die Akten sind der Körper des Falles. In ihnen lebt das rechtlich relevante Geschehen wie die Seele im Leib. Polizei und Staatsanwaltschaft, Rechtsanwälte und Parteien, die Beteiligten der Freiwilligen Gerichtsbarkeit und – nicht zuletzt – der Richter arbeiten emsig am Aufbau des Corpus causae.
„Quod non est in actis, non est in mundo", stipulierten schon die römischen Juristen. Was nicht hindert, daß dies noch zu allen Zeiten von den Dichtern, welche das Bleibende stiften, bestritten wird. Was wiederum nicht hindert, daß es – insbesondere in Schwaben – immer Richter gibt, die Dichter sind, und Dichter gibt, die als Richter fungieren. Wobei die Dichter schlechte Juristen, aber gute Richter sein sollen.
Der Richter hängt an den Akten wie die Mutter am Kind. Er spricht von *seinen* Akten. Als zu Ulm einst ein Richter, welcher vielleicht ein Dichter war, seine Akten gleich einer Rabenmutter aussetzte, da schlug das Landgericht die Hände über dem Kopf zusammen und vermochte schließlich nur noch voller Verzweiflung zu rufen: Oskar, gib die Akten wieder, es ist dir alles verziehen.
Dem Richter geht es wie jenem Invaliden vor Prag: er greift zuerst nach seinen Akten „und dann nach seinem Fuß", auch wenn er sich im Zustand der Unzurechnungsfähigkeit und absoluten Fahrunfähigkeit befinden sollte. Daher gehört zweifellos das, was nach-

stehend erzählt wird, ins Reich der Mythe. Dodel würde dazu sagen: „S'ischt älles verloge!"
Dodel war in seinem Staatsexamen ein goldener Einser geglückt. Dies verlieh im alten Württemberg einen character indelebilis, wirksam und wesentlich bis zum Nekrolog. Andererseits sprach der Gerichtsassessor Dodel unerschüttert seinen Ebinger Dialekt, was wiederum Ausdruck eines character indelebilis sein konnte, wesentlich und wirksam gegen alle Anforderungen der staatlichen Repräsentanz. Herren von solcher Artung und Gebarung pflegt das Justizministerium zwecks illustrer Nachedukation an den eigenen genormten Busen zu nehmen. So wurde Wilhelm Dodel ein „Gnadenassessor" im alten Stuttgarter Justizministerium am Charlottenplatz.
Hier fehlte es zwar nicht an Akten, wohl aber am Platz. Der Gnadenassessor Dodel hatte daher seine Fälle im eigenen Quartier zu durchstöbern und mit seinem Votum zum Vortrag auf das Ministerium zu tragen.
Nun gibt es in der großen Weberei der Justiz gelegentlich Webfehler, die nicht einmal im Webstuhl und in den Webern ihre Ursache zu haben brauchen. Denn schon „Im Zwange der Welt weben die Normen, / Sie können nichts wenden, noch wandeln". Auf jeden Fall sind anfallende Webfehler bei Richtern und Staatsanwälten höchst unbeliebt. Sie pflegen wie Backsteine im Amtsweg und wie Backsteinkäse im Magen zu liegen. Nicht selten müssen sie dem Justizministerium vorgelegt werden, und mitunter führen sie dazu, daß hier ein Stück Justizgewebe herausgeschnitten werden muß. Man nennt diese staatliche Prozedur um der Qualität willen Begnadigung und Amnestie.
Da soll nun eines Morgens in Stuttgart ruchbar geworden sein, daß im Justizministerium Großfeuer ausgebrochen war. Alsbald wollen die Stuttgarter ein gar seltsames Bild wahrgenommen haben. Alte Präsidenten, Oberstaatsanwälte und Senatoren liefen mit schwerer Aktenfracht beladen vom Kanonenweg und aus

der Landhausstraße zum Charlottenplatz. Hier stürzten sie sich mit Todesverachtung in das brennende Walhall. Doch seltsam: Nicht wie Mörikes Feuerreiter wurden sie „nach der Zeit“ als juristisches Aschengerippe an der Wand vorgefunden. Unverkohlt, doch ohne Aktenbündel, waren sie alsbald wieder herausgekommen. Auf den Charlottenplatz, wo der Gnadenassessor Dodel stand und sich vor Lachen bog.
„Das verstehen Sie nicht, junger Mann!“ rief ihm ein Senatspräsident zu.
„Oh, Herr Präsident, dös haun i scho vor oiner Stund' verstanda«, gab Dodel zurück. »Wisset Se, do, won i heut morga g'haiert hau, daß der Justizstadel brennt, do haun i in meim Öfele a Fuier agmacht. Was soll i – haun i denkt – dia Akte airsch do na trage . . .!“

DIE PRÜFUNG
AUF HERZ UND NIEREN

Als der Laupheimer Amtsrichter einmal in schwacher Stunde seinem Münsinger Kollegen verriet, daß er allemal zu seinen Stuttgarter Bewerbungs-Wallfahrten die Frau mitgenommen habe – nur bis zum „Goldenen Wilhelm" unter dem Justizministerium, versteht sich –, da hatte ihm der Münsinger Amtsrichter rundheraus erklärt: „Menschenskind, das mit der Frau am ‚Goldenen Wilhelm' machen wir doch alle. Wer würde da ‚ohne mit' nicht gleich zum seelischen Hackfleisch werden?"
Nicht so Dodel. Im Gegenteil! Das Mit-im-Spiel-Sein

„der Weiber“, wenn auch nur in der seelischen Auffangstellung, hätte ihm von vornherein allen Glauben an einen Bewerbungserfolg genommen.
Der Amtsrichter Dodel aber wollte nun nach vierzehn dienenden Jahren den Segen des Oberamtsrichters. Schließlich hat auch die Rolle des Amtsrichters ihre Zeit.
Schon ein halb dutzendmal hatte Dodel von Marbach aus nach Oberamtsrichterscheiben im Württemberger Land geschossen. Untaugliche Versuche, hatte sie doch der Aspirant nicht auch noch durch sein körperliches Erscheinen an der hohen Stelle festgemacht. Gegen den Zweifel nämlich, der Schütze wolle nur zur Kenntnis bringen, daß er noch in diesem Aion der Justiz existiere.
Also packte Dodel an einem Sprechtag der Exzellenz von Faber seinen leichten schriftdeutschen Sprachschatz zusammen, ließ die schweren Rohrstiefel in Marbach und fuhr nach Stuttgart hinein. Von Marbach nach Stuttgart ist kein langer Weg. Man konnte es hier gar wohl erkennen, wie Dodel dort in Ebinger Rohrstiefeln herumlief. Und die hohen Ohren hatten natürlich schon längst gehört, wie er in Amt und Wirtshaus gleich einem ordinären Bauernrichter Mundart redete.
So brauchte ihm die Exzellenz nicht erst einen komplizierten Kanzleitrost zu verpassen. Herr von Faber erklärte rundheraus, daß man Beamte, denen die notwendige Repräsentation abgehe, unmöglich zu Bezirksbeamten ernennen könne. Übrigens sei es dem Justizministerium bekannt, daß der Herr Amtsrichter den Parteien die unüberwindliche Streitdifferenz von fünfzig Pfennig auf den Gerichtstisch gelegt und dieser Art nach zwei Stunden – entgegen klarer höchstrichterlicher Entscheidung – einen Vergleich erzielt habe.
Da fiel dem Amtsrichter Dodel sein ganzer schriftdeutscher Sprachköcher aus den Händen.
„Wissat Se, Exzellenz“, sagte er, „i ka no ebbes ganz anders – i ka au Kuahschwänz verkaufe.“

Damit war die Audienz rasch zu Ende. Dodel wußte, daß er den derzeitigen Justizminister erst würde verbrauchen müssen, ehe er wieder um einen Oberamtsrichter auf das Justizministerium kommen dürfte. Bis dahin tröstete ihn nicht die Frau. Er wußte, daß er zu Ebingen dem Vater das Kuhhaut-Gerben abgeguckt hatte und daß er auch Kuhhäute mit und ohne Schwanz würde verkaufen können, wenn seine fehlende Repräsentation auf keine Kuhhaut mehr gehen sollte.

DIE BEFÖRDERUNG

Am 10. Mai 1892 las der Wagnermeister Christian Mauchert in Marbach beim 9-Uhr-Vesper seiner Meisterin aus dem Wochenblatt vor. Dabei unterbrach er den Redefluß immer wieder mit dem begeisterten Ausruf: „Des ischt a Ma! Des ischt a Ma!" Er meinte den Amtsrichter Dodel, welchen S. M. der König zum Oberamtsrichter in Blaubeuren zu ernennen geruht hatten. Der Marbacher Meister las diese Verlautbarung:
„In der langen Zeit des Wirkens und Amtens als Richter und seines Verweilens in Stadt und Bezirk Marbach hat Herr Amtsrichter Dodel es verstanden, nicht nur durch glänzende äußere Form und Umgangseigenschaften, sondern durch die offene biedere Geradheit seines Charakters, durch die Ungeschminktheit und Natürlichkeit seines Wesens Sympathien zu gewinnen. Seine jedem Dünkel fernen, volksfreundlichen, herablassenden Charaktereigenschaften sind dann auch Hoch und Nieder in der Bevölkerung wohl bekannt geworden. Wer daher in unserem Bezirk in die Notwendigkeit versetzt war, in amtlichen Verkehr mit Herrn Amtsrichter Dodel zu treten, oder wer eines Rechtsrats bedürftig war, der konnte ungescheut vor dessen Forum treten, um seine Schmerzen vorzutragen. Niemand ging ohne ausgiebige Beratung von dannen. So recht auch kennzeichnet den Charakter Dodels das stetige Bestreben, die streitenden Parteien tunlichst auszusöhnen und womöglich aller weiteren ungesunden Prozeßsucht ent-

gegenzuarbeiten. Sein Freundeskreis verliert in dem scheidenden begabten und gründlich gebildeten Juristen eine immer offene, gutmütige Natur und gesellschaftlich aufheiternde Persönlichkeit. Herr Amtsrichter Dodel, ein echter Sohn Schwabens, besitzt aber auch neben seinem streng rechtlichen, unparteiischen Richtersinn ein fühlendes Herz für die Schwächen und Nöte des Volkes, Eigenschaften, welche ihn uns im Volke so ungern verlieren lassen."

„Etz was sagst?" beschloß der Meister wie mit einem nachdrücklichen Amen die Vorlesung. Er stand vom Vespertisch auf. Ohne die Gegenbestätigung der Meisterin abzuwarten, schritt er zur Werkstatt hinüber. Zwischen Tür und Angel hörte man ihn noch sagen: „Der Ma hot a G'walt!"

Am Abend nahm er die Zeitung noch einmal auf. Mit dem Reißblei schrieb er auf den Innenfalz „Gruß von Deinem Schlafkameraden Christian". Dann wickelte er das Blättchen in einen alten Frachtbrief und schickte die Drucksache an Friedrich Schwarzenbolz, mechanische Wagnerei in Blaubeuren, Spitalgasse.

Beim übernächsten 9-Uhr-Vesper strich der Blaubeurer Wagnermeister die Marbacher Zeitung glatt, las seiner Meisterin den Gruß vor und überflog die Beförderung des Amtsrichters Dodel.

„Des ischt etz wohl der Wert!" beschloß er wie mit einem nachdrücklichen Amen die Lektüre. Er stand vom Vespertisch auf.

„Was isch?" frug die Meisterin.

„Halt wieder so en neuer Beamter em Kloschter!" erklärte der Meister und schritt zur Werkstatt hinüber. Zwischen Tür und Angel hörte man ihn noch sagen: „Den werde mer scho au verbrauche!"

DIE LANDNAHME

So kam Dodel auf den Wegen des Justizministeriums, welche unerforschlich und wunderbar sein sollen, Anno 1892 als Oberamtsrichter nach Blaubeuren. Der Gerichtskreis Blaubeuren auf der Mittleren Alb lag zwischen den Oberämtern Ehingen, Münsingen, Geislingen und Ulm. Wie ein urtümlicher Kalkfels steckte er im Mauergefüge des Württemberger Landes, durchzogen von den Flüßchen Blau und Lauter. Es gab hier Dörfer, in denen es noch als Sünde galt, zu Gericht zu gehen, anstatt das tägliche Brot des Haders in der Gemeinde zu verzehren.

Was Wunder, daß es Dodel gelüstete, gleich dem Propheten zu diesen unbeweglichen Bergen in seinem Amtsgerichtsbezirk zu pilgern. Da wanderte der kleine Mann sonntags in der Morgenfrühe, mit dem Operngucker bewaffnet, über die Steinäcker und Heiden der Blaubeurer und der Hohen Alb. Ein schwungvoller schwarzer Schlapphut saß auf dem schmalen Kopf, aus dem zwei gnitze Augen hervorzwinkerten. Hätten diese schlauen Augen nur einmal melancholisch zu träumen vermocht, so hätten sie mit der kräftigen Nase und dem dünnen Spitzbart einen Don Quichote ausmachen können. Statt dessen umwallte, gleich einer Willenswolke, der weite, dunkelgraue Havelock die schmächtige Gestalt, und unter diesem berühmten Herrenmantel standen zwei derbe Rohrstiefel sicher auf dem wohlgefügten Boden des Gerichtskreises.

Es gab damals um die Jahrhundertwende Oberamtsrichter, die anders von ihrem kleinen Königreich Besitz ergriffen. Der Neresheimer Oberamtsrichter zum Beispiel fuhr mit einem Landauer und einem Fäßchen Bier über die Ostalb und legte sorgsam die Grundlage für eine Leibesfülle, die er später nur noch von einem Reitsattel herab hinter dem Schreibtisch hervorbringen konnte.

Dodel erwanderte Schelklingen und Schmiechen, Seißen, Suppingen und Berghülen. Im „Ochsen“ zu Bermaringen sangen ihm die Bauernmädchen als Anbinder den Fetzen

„Ond dr Eckstoffel hot de Füeß broche
Uff'me niegelnagelnuie Weg.
Ond dr Amtsrichter hot e Goiß g'stohle,
I möcht no wisse, was 'r mit re tät.“

Worauf der Oberamtsrichter die Entscheidung verkündete: „Mädle, melke tuat 'r se.“

Dodel stiefelte über Nellingen, Merklingen, Machtholsheim auf Blaubeuren zu. Hundemüde sprach er einen überholenden Müllerknecht an. Der sagte, daß er ohnehin überladen habe. Worauf der Oberamtsrichter meinte: „Goht 's waierle net? Kennet Se me net? I be doch dr Dodel vo Blaubeure." Worauf mit einem Schlag noch Platz auf dem Fuhrwerk war.
Die Reise über Themmenhausen, Tomerdingen, Dornstadt, Bollingen nach Herrlingen führte ins Grenzland, allwo der räse Ulmer Wind wohltuend herüberwehte. Im „Rößle" in Tomerdingen saß der Landjäger. Der hatte wohl eine respektable Kiste geladen und übersehen, daß er dem eintretenden Oberamtsrichter Meldung schuldig war. Dies wurde ihm dann von Tischnachbarn gesteckt. Der betrunkene Landjäger stotterte, daß er den Herrn Oberamtsrichter nicht gekannt habe. Worauf Dodel abschließend meinte: „'s ischt net naitig, daß älle Leit mi kennet."
Mit den Jahren bewegte sich Dodels Wanderung auf der Linie zwischen der Brauerei zum „Lamm" in Blaubeuren und der Wirtschaft zum „Fuchs" in Sonderbuch. Über 120 Meter macht der Höhenunterschied zwischen dem „Lamm" am Fuße und dem „Fuchs" auf der Höhe der Sonderbucher Steige. Die Lammbrauerei beherrscht auch den Zugang zu der schluchtartigen Seißener Steige.
Keiner der tabakgebeizten Seißener Holzmacher konnte es wagen, die 200 Meter Höhendifferenz seiner Steige ohne vorausgehenden Labetrunk im „Lamm" anzugehen. Saß Dodel dort in der Bauernstube, so wußte jeder Seißener Holzmacher, wo die räseste Rede ging und wo sein zünftiger Platz war. Was bald in den Beamtenhäusern um das Blaubeurer Kloster ruchbar wurde und zu einer immer weiteren Distanzierung der Hautevolee gegenüber dem Oberamtsrichter führte. Der stieg darüber im Wechsel das aussichtige Band der Sonderbucher Steige hoch, wo droben im „Fuchs" unter allerlei Rehgehörn und ausgestopften Vögeln der rote

Schwartenmagen und die Revierförster der Blaubeurer Alb zu Hause waren. Dies war eine nicht minder handfeste Sache. Auch die Förster wußten, wohin sie sich zu setzen hatten.

An einem späten Donnerstagabend, als Dodel nach abgetanem Alimentenstreit wieder einmal bis zum „Fuchs" aufgestiegen war, kam dort von einer Bierreise über die Alb das ganze grüne Amt auf einem Leiterwagen angefahren. Die Forstgrade verrieten alle Grade zwischen der hochgradigen Bewußtseinstrübung und der tiefsten Bläue des 51. Strafgesetzbuchs-Paragraphen.

Geraume Zeit stand die grüne Fuhre vor dem „Fuchsen", bis der ratlose Gastgeber Gustav Schlumberger den Oberamtsrichter aus der Stube holte und mit dem Auftrag: „Herr Dodel, verklaubet Se's!" dem grünen Knäuel der Verwirrung gegenüberstellte. Sogleich machte Dodel sich an die richterliche Samariterarbeit.

„Also! Dia zwoi do – dia b'haltet Se glei drobe!" begann er die Gemeinschaftsteilung.

„Dean do – dean stellet mer seiner Alte an d' Hausstaffl!" fuhr er in seiner Naturalteilung fort.

„Dia drui do – dia fahrt der Michel glei wieder z'ruck!" Von der grünen Gemeinschaft war jetzt nur einer noch übrig.

„Dean nemm i mit!" beschloß Dodel die Aufhebung der Gemeinschaft. „Wissat Se", gab er noch begründend dazu, „dean brauch i morga als Amtsanwalt für Forstrügesachen!"

DER RICHTERKÖNIG

Das Amtsgericht ist einer Bezirksreinigungsanstalt zu vergleichen, einem Flick- und Plättinstitut. Da steht ein Haus inmitten eines abgepaßten Kreises. Was sich immer in diesem Kreis bei Mann, Weib und Kind an rechtserheblichen Bosheiten oder juristischen Fällen wie Unfällen ereignet, wird im Mantel der Akten in dieses Haus spediert. Im Haus aber wohnt und waltet der Amtsrichter.

Das Idealbild dieses Prätors war voreinst in Waiblingen zu finden. Dort stand in einer saalartigen Kanzlei ein Podium und auf diesem ein riesiger Schreibtisch. Hinter diesem Schreibtisch thronte in einer Tabakwolke der Oberamtsrichter Beck. Zu seiner Linken reichte der Gerichtswachtmeister die Akten hinauf. Sie kamen in die Wolke, verweilten dort und stiegen zur Rechten wieder in die Niederung des Alltags hinab. So waltete Jupiter judicans außerhalb der Verhandlungen in unzähligen Beschlüssen, Weisungen, Randvermerken und Verfügungen.

Diese tägliche Aktenarbeit des Richters hat die Göttin Justitia schadenfroh und gnädig vor alle forensischen Auftritte gesetzt. Auch der Amtsrichter kann und darf es sich nicht leisten, „ohne Ansehen der Sache Akten" Recht zu sprechen. Was das „Ansehen der Person" betrifft, so mag es bei gefühllosen juristischen Personen füglich unterbleiben. Nach Ansicht der Richtersfrauen soll es bei weiblichen Personen mit Sex-Appeal ohne

Ausnahme erstens verwerflich und zweitens auch noch schädlich sein.
Dodel sah ausnahmslos Personen und Sachen sich auf das gründlichste an. Dabei pflegte er gelegentlich den Operngucker seiner „Landnahme“ ohne Hemmung zu gebrauchen. Wie in allen seinen Gepflogenheiten hätte er auch bei dieser Verhaltensweise keinen Zweifel oder Widerspruch ertragen.
Er selber sagte Mann, Weib und Kind außerhalb und

innerhalb des Gerichtssaals stets rauh und unverblümt die Meinung. Damit hier niemals Langeweile und Trokkenheit sich verbreiteten, sammelte er von Fall zu Fall gleich Salomo die eigenen Sprüche. Als reiner Schwabe brachte er diese bisweilen in Verse. Sprüche und Verse trug er laufend in ein Vademekum ein, das er sich aus Schulheftblättern und einem Stück Leder zusammengestochen hatte. So konnte der „Schwäbische Salomo“ etwa beim Streit Wildschaden contra Weideschaden dem Spitalförster Schlumberger den Reim aus der Tasche ziehen.

„D'Jäger, d'Fischer, d'Schäfer, d'Lompa,
Dia wachset älle uf oim Stompa."

Die ehr- und tugendreiche Jungfer Klothilde Nestle aber brachte er durch das zur rechten Zeit herausgezauberte Weistum

„An alte Goiß schleckt au no gäre Salz"

zum Geständnis, welches noch immer als die regina probationis gewertet wird und auch bei den Amtsrichtern allgemein beliebt ist.

Einer hatte es heraus, wie er dem Richterkönig Dodel erfolgreich begegnen konnte – der dicklich sanfte, ewig lächelnde Obersekretär Wunibald Oswald auf dem Blaubeurer Amtsgericht. Hier war auch dem Oberamtsrichter Dodel die Wahrnehmung des fiskalischen Vorteils keine unbekannte Beamtentugend geblieben. Mit dem 31. März ließ er die Brennholzkisten aus den Amtsräumen hinausschaffen und begegnete jedem Frost- und Zähneklappern mit der bürokratischen Feststellung: „Die gesetzliche Heizperiode ist vorüber!" Was den Obersekretär Oswald eines Tages mitten in den Eisheiligen nicht abhielt, seine Gerichtsschreiberei zu heizen. Der Gerichtsschreiber wähnte den Amtsvorstand auf sicherer Grundbuchvisitation im fernen Machtolsheim, als dieser mit dem Anruf: „Wia könnet Sia, wo dia Heizperiode ..." die traulich warme Schreibstube betrat.

„Net ramache!" rief der sündige Beamte ihm entgegen. „Net ramache! Do muaß i älleweil denke: L. m. i. A.!" Was den Oberamtsrichter sogleich verstummen ließ und veranlaßte, über die vierte Funktion dieses offenbar urtümlichen Ausspruchs: die schreckende und schützende, nachzudenken. Dies geschah lange bevor der Götz-Forschungsverein LEMIA diese Totem-Funktion des „Schwäbischen Grußes" aus dem Kulturschutt der letzten 3 000 Jahre auszugraben vermochte.

Dodels Handschrift taugte nur für Apotheker mit

langer Praxis. Eines Tages brachte der Stationskommandant Wenzelburger einen Dodelschen Randvermerk zurück auf das Amtsgericht. Hier vermochten auch der Obersekretär und der Gerichtsvollzieher den Schrieb nicht zu deuten. – „Des soll dr Teufel lese!" entschied der Oberamtsrichter. „I breng's au net raus! Machet Se halt sachdenliche Erhebonge. Ond saget Se dem Ma do drobe, daß er selber a Rendviech ist, wenn er beleidigt sei will, weil der Dehnes zu ehm g'sait hot, daß er a Rendviech sei!" Eines Abends, als Dodel judex wie an jedem Tag höchst peinlich die zugeklappten Läden rund um sein Amtsgericht herum visitierte, trat der Landjäger Schäpperle vorm Torbogen noch an ihn heran. Ob der Holzmacher Isidor Reichle aus Seißen als ein Betrunkener herausgeschwätzt habe, da, wo er ihn vor dem „Lamm" betreten habe, wollte der Landjäger wissen.
„Hot dr Isidor do uf d' Landjäger g'schempft?" stellte der Oberamtsrichter die Gegenfrage.
„Ja, und saumäßig!" antwortete der Polizeibeamte ohne viel nachzudenken.
„Noch ischt dr Isidor beim Verstand gwäa!" erteilte Dodel die erbetene Rechtsauskunft.
Der Oberamtsrichter Dodel pflegte es nicht an Stimmaufwand fehlen zu lassen. Noch, als der Rechtsanwalt Karl Kohler von Anno 1910 bis 1914 im „Waldhorn" sich niedergelassen hatte und dabei in den Klosterhof hinein nach Kliententritten lauschte, konnte er vom anderen Ende der grünen Stille des Klosterhofes her Dodels juristische Duette hören. Auch der Ulmer Landgerichtspräsident hörte eines Morgens, als er zur Gerichtsvisitation durch den Blaubeurer Klosterbogen schritt, die erhobene Stimme durch die Lindenkronen hallen. Im Gang des Amtsgerichts frug er den Wachtmeister Schrammeck, wer so allmächtig schreie. Darauf wurde ihm der Bescheid zuteil: „Das ist doch der Herr Oberamtsrichter! Der macht gerade einen Vergleich."
Beim Verkehr mit der Behörde folgte Dodel stets dem

altschwäbischen Rat: „Gehe nicht zu deinem Färscht, wenn du nicht gerufen wärscht!“ Bei seinen Gerichtseingesessenen aber hielt er es mit jedem gemeinen Mann. In Ulm, wohin er oftmals entwich, machte er einen Bogen um das Landgericht herum. Aus Ulm kamen zu ihm die Rechtsanwälte Dr. Fuchs I, Benno Gumpp und manch anderer. Von Münsingen fuhr bisweilen der Rechtsanwalt Isidor Graf das Schmiechtal herunter. In Dodels erster Amtszeit war auch die Ulmer Staatsanwaltschaft noch in Blaubeuren vertreten. Alle diese Rechtswahrer im Umherziehen brachten Kollegenklatsch und neue Judenwitze mit in den Blaubeurer Talkessel. Der Oberamtsrichter revanchierte sich mit sarkastischen Beobachtungen und Betrachtungen oder einem anzüglichen Vers aus dem gelederten Notizbuch.

Das alles konnte auch vom Gärtle aus geschehen, wo Dodel mitunter die Beete der Frau Oberamtsrichter bestellte. Wenn hier des Dienstes ewig gleichgestellte Uhr dazwischen schlug, rief Dodel wohl auch zum Fenster des „Partieenzimmers“ hinauf: „Wartet halt no a bißle! I muaß bloß no voll s' Ländle omgrabe!“

Dodel am Schreibtisch aber sah durch sein Fenster auf einen hellen Gartenfleck: Feuerbohnen, ein rankender Kürbis und die blinkende Gießkanne der Frau Oberamtsrichter; davor das Bänklein in der rasch fließenden Aach, um Wasser zu schöpfen für die Bächlein trinkenden Salate.

Unterm Bänklein hauste die verfluchte Bachratte mit braunem Pelz und schwarzen Kugelaugen. Dodel hatte diesen Nachbarn besonders dick und seinetwegen neben sich im riesigen Papierkorb einen Spatzendrilling stehen. Also begann er zu beschließen, zu weisen, randzuvermerken und zu verfügen. „Du habest als Jugendlicher hinter der Seminarmauer eine Zigarre geraucht“ – Rechtsfolge: Vorreiten lassen. Fall Klotz gegen Prügel wegen Gartenzauns – Anmerkung: Vom Ahn vermacht zwei Höfe mit drei Streiten. Ehemündigkeits-

erklärung – Randvermerk: Natürlich, weil in drei Monaten das Kindle schreit. Die ausgerückten fünf Früchtchen aus dem St.-Konradi-Haus – Beschluß: Anhauchen, danach Wasser und Brot. Erlaß des Justizministeriums – Randvermerk: „Gelesen". Alimente, Alimente, Alimente – Feststellung: „3, 4, 5 Vorreiter. Die halbe Jungmannschaft von Asch ..." „Hoher Herr Gerichtshof, indem daß ich ..."
Witsche! Witsche!
Wie ein geölter Blitz fuhr Dodel in den Papierkorb. Gewehr an die Backe, zum Fenster hinaus. Bumm! Opernglas aus der Schublade ... Natürlich hatte er wieder den Stiefel im Bächlesgrund angeschossen.
Rückzug ins Amt. Sühneversuch zwecks Ehescheidung – Beschluß: „Ich bin des trocknen Tons nun satt" ... Körperverletzung, indem daß Ohrläppchen abgebissen – Beschluß: „Dös heißt der Konz a Körperverletzung? Oiner oder zwoi Ohrlappe. Der Kerl uff der Alb drobe, der hairt mit oim Ohrlappe no älleweil zu viel!"
Witsche wit! Witsche wit!
Gewehr an die Backe. Verdammtes Biest. Bumm, bumm. Operngucker ... Heimatland, jetzt ist die Doppelladung in die Gießkann' gegangen ... Das gibt diplomatische Verwicklungen mit der Gnädigen. Trost im Amt, weiter im Text. „Gelesen." – „Gelesen." Erlaß, drei Erlasse – „Gelesen". Reichsgerichtsentscheidungen – „Gesehen." Berufungssache Dußler wegen Widerstand: Urteil des Amtsgerichts Blaubeuren aufgehoben – Rand: „Natürlich von der Kammer der Barmherzigen Brüder."
Plötzlich verflog die Unmutswolke auf Dodels Gesicht. Er lachte zur angeschossenen Gießkanne hinüber. Das war ein Meisterschuß in den Blätterwald aller Leser des Staatsanzeigers rings um Blaubeurens Klosterhof. Der wird die Bau-Tiger, Finanzer und Forstknauben in den Ämtern da drüben wieder einmal schön aus ihren „Diensterledigungen" geschreckt haben! Und er ließ es

sich behaglich über die Leber laufen, wie der Bau-Tiger entdeckt haben mochte, daß ihm der Amtsdiener heute morgen auch noch den neuen Bauordnungs-Entwurf auf den Schreibtisch gelegt hatte.
Da hatte der Bau-Tiger gewiß nur noch ausrufen können: „Etz machet me no noch vollends ganz he!"

DIE MÄNGELRÜGE

Dodel zog am Sonntag wieder einmal über die Blaubeurer Alb. Mit dem Opernglas an der Leine und ohne die Frau Oberamtsrichter. Er kam ins Dorf und auf den Kirchplatz, ging um die Hüle herum und erklomm den Hügel über dem Hochbehälter der Albwasserversorgung.
Die Bauern lupften mißtrauisch ihre Scheibenvorhänge und verfolgten mit neugierigem Blick den Wanderer, sobald er an der Hofraite vorüber war. Es war nicht wie zu Doktor Faustens Zeiten unter der Feldbuche:

„Herr Doktor, das ist schön von euch
Daß Ihr uns heute nicht verschmäht..."

Was blieb da einem Oberamtsrichter anderes übrig, als am späten Nachmittag im „Lamm" oder im „Fäßle" den Schatten des Nebenzimmers aufzusuchen, wo der kühle Kachelofen gleich einem Diener zweier Herren zwischen Herrenstüble und Bauernwirtschaft steht und von fern durch die Ofenöffnung Tabakrauch und Männergerede aus der Stube herüberdringen.
Dodel las die Mahnung von der Wand: „Trink, was klar ist!" Daneben zeigte ein Bild den Pumpbrunnen und darüber eine andere Maxime dörflichen Gewohnheitsrechts. Sie verriet bäuerliches Zartgefühl und verkündete andeutend: „Hier wird nicht..." Dafür ermahnte die berühmte Dornenrose – in Weiß versteht sich – den Dummen, der es noch nicht verstand, doch keineswegs durch die Blume:

„Die Rose blüht, der Dorn, er sticht,
Wer gleich bezahlt, vergißt es nicht!"

Also konnte es ziemlich klar sein, daß der Oberamtsrichter Dodel heute als ein zahlungsfähiger Gast einen Schoppen klaren Weißwein bestellte.

Geranienstöcke standen auf Porzellanuntersätzen in den Fensternischen. Rot brannten ihre Blüten im Strahl der Abendsonne. Eine bierselige Brummfliege versuchte durch die Scheibe in den goldenen Abend zu starten. Mit dem blauen Knaster aber zog ein endloses Hin und Her über die als „redlich und recht" verkaufte Kuh der Woche zu Dodel ins gesicherte Nebengelaß, dieweilen er dem endlich recht werdenden klaren Strümpfelbacher entgegenwartete. „Sodele, do hätte mer dös Weinle", sagte die Wirtin, landete den Schoppen vor Dodel und legte die Hände über dem Bauch zusammen. Der Oberamtsrichter schenkte ein, probte wieder und nahm sein Opernglas von der Leine, während die Wirtin feststellte, daß heut schön Wetter gewesen wäre.

In der Bauernstube schwoll das Palaver an. Im Rhythmus schlugen seine Wellen gegen die Ofenlücke, immer wieder drang ein Brecher in die Nebenstube, wo er als „Beschiß!" und „Hinaufgelassen" am Ohr des Oberamtsrichters ankam.

Der war nicht minder peinlich mit seinem Schoppen Weißwein beschäftigt. Wiederholt ließ er sich seine „Klarheit" über die Zunge rinnen. Er war kein Weinschmecker, der Gerberssohn aus Ebingen. Doch dieser Weiße schien auch keinen Sachverständigen nötig zu haben. Dodel war sich klar darüber, daß er dieses gehaltvolle Gewässer am liebsten seinen besonderen Freunden, den „Deppisten", vorgesetzt hätte, als da waren Moralisten, Idealisten und Bürokratisten. Dieser Deppisten-Wein, beschloß er, war „mit Fehlern behaftet, die den Wert oder die Tauglichkeit zu dem gewöhnlichen oder dem nach dem Vertrage vorausgesetzten Gebrauch aufheben oder mindern".

Wieder kam ein Brecher durch die Ofenlücke und an

Dodels Ohr, wo er wie „Ansagen, Ansagen!“ gellte. Schnell geraten, aber der Geschmack steht erst an vierter Stelle der menschlichen Sinne, während das sonnenhafte Auge zur letzten Klarheit dringt.

Die Observation mit dem Feldstecher ließ denn auch einen deutlichen Spiralnebel erkennen und darinnen die Wasserleiche einer Fliege.

„Ansagen, Ansagen!“ drängte es von der Bauernstube herüber. „Sodele“, sagte der Oberamtsrichter, als die Wirtin wieder in die Windstille der Herrenstube steuerte. Der Wein da, dieser ehrwürdige Strümpfelbacher, sei mit einer Trübung behaftet, darinnen „der kleine Mann von Amsterdam“ wie am Jahrmarkt auf und nieder steige, ein Umstand, der den Wein mit einem wesentlichen Fehler behafte. Woraus sich ergebe ...

„Jesses nei“, brach die gute Frau aus. „Wo i doch dös Weinle so guet g'seiht haun.“

„Beweisen, beweisen!“ dröhnte es um Kachelofen und Oberamtsrichterohren.

Ja, er selber würde die Beweislast für die nicht vertragsmäßige Beschaffenheit dieses dörflichen Weines haben, den er – immer noch nicht weise genug – vorschnell als Erfüllung angenommen hatte.

Womit sie den inkriminierten Wein geseiht habe, wollte Dodel wissen. Die Wirtin drehte errötend die Daumen überm Bauch.

„Also?“ drängte der Oberamtsrichter, wie bei der Vernehmung.

„Ja, wenn Sia es halt wisse wöllet – mit em Hemmetzipfel.“

„Hoho! Beweisen könne, beweisen könne!“ kam es wieder von der Ofenlücke.

„Nichts einfacher“, zog Dodel das Bündel seiner Beweismittel zusammen. Dieser Gewährleistungsanspruch ...

„Aber wisset Se“, fuhr da die Wirtin fort, „es ist mein Sonntigs-Hemmet, ganz frisch von heut morge.“

Das Gewährleistungs-Recht wegen Mängel der Sache

hat dicke Kommentare gezeitigt. Dodel erklärte der Wirtin, er halte es wie Goethe und trinke mit Wasser vermischt den Wein. Mit Göppinger Wasser, versteht sich.

Das trank er denn auch, dieweil die Bauern in der Schenke immer noch die „redlich und rechte“ Kuh der Woche verhandelten. Den „Deppisten“-Wein aber goß er unter Ausschluß der Öffentlichkeit in die Geranienscherben über den Porzellan-Untersätzen.

DER AUGENSCHEIN

Da hinten, wo Steg neben Steg über die Aach führt, im „Hohen Wil“, verlebte zu Dodels Zeiten züchtig, wenn auch nicht ohne Schärfe, die Sabine Frommet ihre Altmädchenjahre. Schon manche Haarsträhne hatte das fleißige Bächlein im Lauf der Jahre mitgenommen, wenn sich die Sabine an ihrem Eckfenster im ersten Stock den strengen Scheitel zog.

Über der Straße im Haus „Zum kleinen Nutzen“ kramte der Tobias Hohnerlein in Unschlittkerzen, Heringen und Kolonialwaren. Hohnerlein war Hagestolz und hatte schon seit geraumen Jahren kein Haar mehr zu lassen. Seine Glatze glitt wie ein gedämpfter Vollmond ruhevoll und friedlich an den Regalen des Warenlagers hin, wenn sie nicht ob des hohen Stuhles über Hauptbuch und Papieren stille stand.

Das ging so durch die Jahre hin. Der Tobias wartete seiner Kundschaft aus der Bachstraße, und die Sabine, welche als reifgewordene Schwabenjungfrau zuweilen poetische Anwandlungen verspürte, diese mitunter im Wochenblättchen absetzte und darum die „Blaubeurer Seele“ genannt wurde, dichtete immer wieder jenen Blaubeurer Mönch an und seinen unsterblichen Vers

„Du bist min, ich bin din:
Des solt du gewiß sin“,

samt dem verlorenen Herzensschlüsselein.

Im Grunde warteten und sparten der Tobias und die Sabine für ihre lachenden Erben. Bis eines Tages der

„Kleine Nutzen“ durch Weißputzer Grimm und Malermeister Schönhaar von Kopf bis Fuß neu eingekleidet wurde. Diese munter fortfließende Arbeit wurde nicht allein vom „Hohen Wil“ herab, sondern mehr und minder die ganze Bachstraße hinauf und hinab von guten Reden über Geldsack und Johannistrieb im Kramladen begleitet. Bis zuletzt der Malermeister Schönhaar die Feuerwehrleiter anlegte, hinaufstieg und am „Kleinen Nutzen“ den Spruch an die Giebelleiste malte „Lex michi Ars!“
Damit war das Zwiegespräch der Bachstraßen-Häuser beendet. Bis eines Tages die Ladenglocke im „Kleinen Nutzen“ schellte, der Amtsbote dem Tobias einen gesiegelten Brief präsentierte und dazu die Worte sprach: „I hab ehn fei net g'lese.“
Es war eine Ladung zum Sühneversuch auf das Blaubeurer Rathaus, in welcher die Sabine Frommet, ledig und ohne Beruf, den Tobias Hohnerlein, Krämer und ledig, beide wohnhaft in Blaubeuren, beschuldigte, er habe sie beleidigt, indem er – nun ja, weil er seinen blanken, verlängerten Rücken zum oberen Fenster des „Kleinen Nutzens“ gegen die Privatklägerin im „Hohen Wil“ hinausgestreckt habe. Was nur in ehrenkränkender Absicht geschehen sein konnte.
Der beschuldigte Tobias Hohnerlein glänzte im Sühnetermin durch Abwesenheit, und gleich wurde die Sache von einem Ulmer Rechtsanwalt an Dodel herangetragen. „Die Sabine Frommet gegen Tobias Hohnerlein!“ rief dieser die Beleidigungssache auf. Die Sabine saß bei einer Robe am Anwaltstischchen. „Hent Se Ihren Rechtsanwalt net zahlt?“ forschte Dodel nach dem fehlenden Prozeßvertreter. „Wisset Se – ohne Schuß koin Jus.“ Der Herr Doktor sehe sich nur den „Hohen Wil“ an, sagte die Sabine, und der Herr Oberamtsrichter möge so lange entschuldigen. „Schrammeck, hänget Se dia Robe über dia Stuhllehne. Dös genügt vielleicht au“, ordnete Dodel an und begann die Hauptverhandlung.

Der Tobias Hohnerlein bestritt. Die Sabine keifte. Dodel regte Augenscheinseinnahme an.
Der inzwischen eingetroffene Ulmer Rechtsanwalt widersprach lebhaft dem Augenschein als einer offenkundig überflüssigen Prozeßverschleppung. Dodel stand auf und beschloß gleichzeitig den Augenschein. „Kommet Se no, Fräulein Sabine. Zoiget Se mir des Fenster, wo er ond wo Sia ... Wisset Se, i ben ebbes kurzsichtig. Drom bleibet Se no bei mir. Der Schrammeck brengt mir au no mei Operngläsle nach."
Also stieg man über das Aachbrückle und ins Jungferstübchen im stillen ersten Stock hinauf.
„Also, nicht wahr, von hier ...!?" ereiferte sich der Ulmer Rechtsanwalt.
„O noi, Herr Doktor", rief die Sabine an Dodels Seite. „Es war höher, wo man es besser sieht!"
Also stiegen sie die schmale, steile Stiege hinan. Über das vorgekragte zweite Stockwerk mit den Strebebalken außen und dem Kindergeschrei drinnen, hinauf in den dritten, noch vorgekragteren Stock, wo still und friedlich Philemon und Baucis lebten.
„Aber hier, nicht wahr, von hier ...?" stöhnte der Rechtsanwalt. Was er wohl glaube, verwahrte sich die Jungfer.
„Alleweil, wo man's besser sieht", beruhigte Dodel.

Die Hohe-Wil-Spatzen stritten und lärmten in der Dachrinne. Schon ging es durch den gefürchteten vierten Stock des Stadtmausers Wohlfrom im steilen Dach zur schweigenden Bühnenwohnung des Totengräbers Selig im fünften Geschoß empor.
Nun sei der hohe Augenschein bald an Ort und Stelle, beruhigte die Privatklägerin, während die Gerichts-Prozession am Seil und auf der Leiter in den Haushimmel der sechsten Etage hinaufkletterte. Hier stieß der Kamin wie ein Zeigefinger durch das Dach in den unwandelbaren Abendhimmel. Nebenan in der Höhe zwängte sich ein Giebelfensterchen, zwischen ihm und dem aufgehobenen Kaminfinger stand ein grindiger Waschtisch.
„Aber doch do, nicht wahr, von do ...?" Diesmal war es Dodel, dem das Maß überlief.
Doch schon eilte die Jungfer am Dachfirst entlang in den Dunkelraum hinein, zog eine Truhe und einen Altväterthron heraus, türmte beide übereinander auf den Tisch und bestieg diese Bremer-Stadtmusikanten-Pyramide.
„Was? Was zum Teufel!" wollte Dodel ausrufen. Doch

gleich erstarrte ihm die Zunge, auch der Rechtsanwalt und der Tobias waren verstummt. Nur die wackere Sabine triumphierte zum Giebelfensterchen hinaus.

Jetzt möge sich der Tobias alsogleich in den „Kleinen Nutzen“ hinüber verfügen und dort – wohlgemerkt ohne Hut und Kappe – am oberen Fenster auf und nieder wandeln, bis der Augenschein ihn von dieser Mission befreie.

Die Glatze des Tobias Hohnerlein blinkte matt zur Himmelsgalerie herauf, nahm von der Totengräber-Empore gesehen an Leuchtkraft zu, ging beim Stadtmauser im dritten Rang mondhaft auf und glänzte im Vollglanz ihrer Reflexe zum Balkon in Sabinens Jungfernstübchen hinüber.

Der Augenschein sei beendet, stellte Dodel fest. Der Ulmer Rechtsanwalt hatte nichts dagegen zu erinnern. Im Amtsgericht drüben verkündete Dodel den Freispruch des Tobias und überbürdete Sabinen alle Kosten des Verfahrens. Der Augenschein, so führte er aus, habe erbracht, daß

1. falls je die blanke Rückenverlängerung des Angeklagten in die Erscheinung getreten wäre, sich die Privatklägerin Sabine Frommet auf ihrer lichten Höhe daran nicht verletzt, sondern verlustiert habe,

2. aber und mit größerer Wahrscheinlichkeit überhaupt keine Beleidigungshandlung vorgelegen habe, da die harmlose Glatze des Angeklagten Tobias Hohnerlein zum Fenster hinaus und herein gerade so wie ein blanker verlängerter Rücken aussehe.

DIE STRAFSCHÄRFUNG

Der Klosterhof in Blaubeuren liegt wie ein grüner See unter dem Blauberg am Ende der Talschleife, welche die Flüßchen Aach und Blau in spielerischer Laune vor Urzeit hier gegraben haben. Seine Ufer säumen das alte Kloster, die Burg am Blautopf, das Polizeigebäude am Klosterbogen, das Forstamt, das Kameralamt und das Amtsgericht. Wenn Dodel in seiner guten Stube zum Fenster hinaussah, konnte er durch die Lindenwipfel schauen, die bis über die Dachrinnen der Amtsgebäude emporstiegen. Wenn aber die Sonne durch die runden Lindenbäume drang, dann war – wie auf dem Grunde dieses stillen Sees – die Säule eines Vierröhrenbrunnens zu sehen, darauf der heilige Johannes den Herrn taufte. Am Samstagnachmittag aber, wenn Dodels Magd zwischen dem Amtsgericht und dem Ephorushaus die Straße fegte, dann war es, als ob sie noch die letzte Unruhe des grünen Sees aus seinen Ufern zwischen den Amtshäusern hinauskehrte.
Anders der Marktplatz neben dem großen Rathaus. Er ist ein ausgelaufener Weiher, durch den die Autos und Motorräder fahren. Vom Rathausgiebel herab teilt eine Uhr die Zeitportionen zu, und auf der Brunnensäule davor zeigt ein Löwe das württembergische Wappen. Zwei oder drei Wirtschaften feixen sich bis in die Nacht hinein über das Katzenkopfpflaster hinweg mit ihren Lichtern an.
Vom Marktplatz her hatten einmal zu nachtschlafen-

Eingang zum Klosterhof
in Blaubeuren

der Stunde drei Blaubeurer Meister den Nachhauseweg angetreten. Sie fandes es rat- und heilsam, durch den Klosterbogen in den stillen See unter den Linden einzumünden, um ihn abgekühlt und abgeklärt beim Amtsgericht wieder zu verlassen. Ihre Schritte blieben auf dem Grunde liegen. Erst als bei dem taufenden Johannes der Sattlermeister Rotter seine Stimme erhob,

teilte sich die Flut der Stille, und es entstand eine Furt wie damals vor den Israeliten im Roten Meer, obwohl der Sattlermeister Rotter nur die zeitlichen Worte sprach: „Patres, ich sage euch, uns Kleinhandwerker sollte man überhaupt niemals nüchtern werden lassen.“ Dann schlug die grüne Stille wieder zusammen. Schritte beim Amtsgericht, eine knarrende Fanfare, als ob sich jemand gewollt seiner schlechten Luft entledigte; jetzt ein Stoß autoritätgeladener Worte und Schritte, die zum Ausgang des Klosterhofes hinaushallten.
Dieses Notturno wurde zum Fall und hüllte sich zunächst in die leichte Rüstung eines Strafbefehls: „Die

Staatsanwaltschaft beschuldigt Sie, Sie haben vorsätzlich und rechtswidrig eine fremde Sache beschädigt und in Tateinheit hiermit groben Unfug verübt bzw. die Nachtruhe gestört, indem Sie zu Blaubeuren nächtlicherweile das Amtsgericht anschifften ... Es wird deshalb gegen Sie eine Geldstrafe von 10 Mark festgesetzt."

„Der wird net onderschriebe", sprach Dodel zu seiner erhabenen Seele. Er meinte den Strafbefehl, und so ließ er die Szene zum Tribunal werden. Der Übeltäter war umfassend geständig, und der Landjäger vom Klosterbogen bezeugte es obendrein. Dodel verurteilte den Delinquenten zu 15 Mark. In seiner Urteilsbegründung führte er aus: Die Tat als solche sei 10 Mark Geldstrafe wert. Im vorliegenden Fall komme aber eine Strafverschärfung noch hinzu.

„Wissat Se au, warom des 5 Mark meh koscht?" stellte Dodel an den Angeklagten die rhetorische Frage.

„Do send Se an dia Wand vom Amtsgericht gange, wo glei dernebe 's Finanzamt stoht!"

DER PARAGRAPHEN-LEHRLING

Meistersöhne zählen gemeinhin zur ersten Wahl der Entlaßschüler, welche aus „Stöpseln" von heut auf morgen zu „Stiften" werden. Nicht ganz ohne Grund nehmen die Meisterväter auch die Autorschaft einer besonderen Begabung und Eignung dieser Sprößlinge für ihr Meisterhandwerk in Anspruch. Saß der Junge doch bereits als zullendes Kind in den Hobelspänen, auf dem Amboß oder unter der Werkbank des Vaters und prädestinierten Meisters.

Das ist kaum anders bei den Amtsrichtern, Staatsanwälten und Landgerichtsdirektoren, welchen mitunter der Alterstrost eines männlichen Nachkommen geschenkt wird, auch wenn ihnen nicht Söhne heranwachsen gleich der Rebe Sprossen. Der Junge hockt hier wohl nicht auf dem goldenen Boden der Werkstatt, dafür sitzt er mäuschenstill am Mittagstisch, wenn der juristische Vater mit dem unentwirrten Knäuel seines jüngsten Falles nach Hause kommt und die Mutter stumm auf dem Tisch herumblickt. Nichtsdestoweniger oder gerade deshalb: der Juristensohn fühlt sich zu Paragraphen und sonstigen scharfen Sentenzen hingezogen. Und der Juristenvater tröstet sich über die Schlingen und Schleudern seiner Karriere in der Hoffnung, daß das neue Geschlecht die Schicksalsklippen mit besseren Winden umschiffen werde.

So war auch dem Herrn Landgerichtsdirektor Schwäble zu Ulm an der Donau ein Filius gediehen, den es schließlich verlangte, nichts anderes zu werden, als was er seit dem Wiegenlied vernahm. Das war dem alten Herrn ganz recht, und redlich gab er sich Mühe, dem Mulus, der von Tübingen in die Ferien kam, vor allem aber dem cand. jur., der leise bebend dem Referendar-Examen zu studierte, mit allen Kräften der juristischen Praxis und der aufgewärmten Theorie beizustehen.

Bei der Fahrt ins juristische Purgatorium verriet er ihm den altschwäbischen Telegrammschlüssel für die errungene Examensnote, die im Königreich Württemberg zunächst als persönliches Erzeugnis der Familie gehütet wurde, an dem nicht einmal das Fräulein vom Amt Anteil haben durfte. Nun, die Note I a würde dieser Gustav kaum machen, schließlich konnte man auch nicht verlangen, daß der Schüler schon im Referendarexamen über den Meister kam. Für die ideelle Note I b würde der Schlüssel „Einbeck“ lauten. Jetzt aber kam das Gebiet der realen Möglichkeiten. Für II a, welches jener berühmte schwäbische Gustav Heinrich Zunder gemacht hatte, wäre „Aachen“ das Wort, wohlgemerkt mit zwei a. Die folgende Abwärtsstufe II b hieße schlicht „Zweibrücken“. Und die gängigen Dreiernoten konnten bei einem Landgerichtsdirektorensohn füglich unerörtert bleiben.

So stieg der Gustav Schwäble zu Tübingen über die Läuterungsstufen der schriftlichen Klausuren bis zum Brennpunkt des mündlichen Rigorosums hinauf. Hier legten ihm die würdigen Väter der juristischen Fakultät diese berühmte Stelle aus dem Corpus juris zur Übersetzung und nachfolgenden Exegese vor: „Minima non curat praetor.“ Prompt übersetzte der Kandidat Gustav Schwäble, trotz seines juristischen Mentors und Vaters: „Der Amtsrichter – – schafft – nicht – das Mindeste.“

Das war nicht einmal ganz schlecht. Angesichts der, wie gesagt, berühmten Stelle und geflügelten Sentenz aber ließen es die Examinatoren nicht auch noch zur Exegese kommen. Der Herr Dekan fragte daher als Ersatz den

Gustav, was Kompetenz wäre. Und hierauf antwortete der Kandidat ganz richtig: Kompetenz wäre die Zuständigkeit, zum Beispiel des Amtsgerichts Blaubeuren, welchem er als Referendar zugedacht sei.
„Gut“, sagte der Herr Dekan, aber es gäbe noch eine zweite wichtige Bedeutung dieses Wortes. Da war dem Gustav Schwäble der Kopf brettvernagelt. Eine Brücke ihm zu bauen, rezitierte der Rechtshistoriker:

„So laßt mir doch die Kompetenz,
Die einem Pfarr' gebühret!“

Was diese Kompetenz nun wäre, war der Herr Romanist begierig. Doch es blieb beim Brett vor des Gustavs Kopf.
Da brach der Herr Zivilrechtsprofessor das goldene Schweigen und sagte an Stelle des dem Schmelzpunkt nahen Kandidaten, daß diese Kompetenz des Pfarrers der unpfändbare Notbedarf wäre, den zum Beispiel der Gerichtsvollzieher des Amtsgerichts Blaubeuren zu beachten habe. Diese doppelte Antwort konnte leider dem Examinanden nicht zugerechnet werden.
Darum machte der Strafrechtler alsogleich einen Salto mortale in die deutsche Literaturgeschichte hinüber, denn der juristische Kandidat hat bekanntlich auch sogenannte Allgemeinbildung zu enthalten. Aber auch

jetzt wollte sich dem Gustav das Brett nicht von der Stirne heben. Die Rodenstein-Lieder fanden sich nicht in seiner Hirnschublade. Da war es um den Kandidaten und Landgerichtsdirektorensohn Gustav Schwäble in den höheren Regionen geschehen.
Der Zeitgenosse Gustav Schwäble aber zeigte sich jenseits der Rennbahn sogleich in allen seinen Potenzen. Im Elternhaus zu Ulm traf alsbald dieses Telegramm ein: „Triberg im Tale. Euer Gustav."
Dann kam am Samstag auch dieser Gustav, gerade recht zum Mittagessen. Es gab das landesübliche Ochsenfleisch mit Beilagen. Gustav fühlte, wie sich die streng angezogenen Faßreifen seiner geistigen und vorzugsweise körperlichen Existenz jenseits des Rigorosums wohltuend gelockert hatten. Er aß mit Genuß die erste und die zweite Portion vom Fleisch des nährenden Ochsen. Doch als er nun nach dem dritten Stücke langte, da sprach der juristische Mentor und Vater die geflügelten Worte: „Was will der Kerl? Ein Examenskandidat, der III b unten gemacht hat, braucht nicht auch noch dreimal bœuf aus dem Suppentopf."
Sodann übergab der Herr Landgerichtsdirektor Schwäble seinen Meistersohn dem benachbarten Oberamtsrichter Dodel in die Referendarlehre. Nicht ohne dem Kollegen bedrückt zu verraten, daß es ihm unverständlich sei, wie ein Landgerichtsdirektorensohn, dem er, der Vater, alle Hilfe aus Praxis und Theorie habe zuteil werden lassen, nur die tiefste aller Examensnoten erringen konnte.
Da zeigte sich Dodel auf der Höhe des fatalen Corpus juris und legte dem Mentor und Vater diese kaum minder berühmte Stelle als zureichende Erklärung zur Übersetzung und Exegese vor: „Nemo plus juris transferre potest, quam ipse habet." Was, ins geliebte Deutsch übertragen, hier nur heißen konnte, daß niemand mehr Rechtskenntnis vermitteln kann, als er selbst hat.

DER BETTLER

Als „Knulp“ die Sonderbuchener Steige herabgestiegen und um ein paar Ecken gebogen war, erspähte sein geschärftes Landstreicherauge, daß an den Laden des Konditors Löw, gegenüber dem Klosterbogen, eine erhobene Polizeihand und ein Stock gezeichnet waren. „Knulp“ nahm sogleich Kunstwanderer-Haltung an und schritt solcher Art unbehelligt durch die Scylla

und Charybdis des Klosterbogens, wo rechts und links der Landjäger und der Stationskommandant wohnten. Kaum war er im Klosterhof bis zum taufenden Johannes gekommen, da erspähte er, daß ein vierblättriges Kleeblatt nebst Stab und Pfeil in Richtung Amtsgericht in den Brunnenrand geritzt waren. Der Pfeil war durch eine Kette mit dem Kleeblatt verbunden.
„Knulp“ zählte die Kettenglieder. „Einundzwanzig“, stellte er fest, „macht also drei Wochen.“ Im übrigen war auch dieser Zinken echt und sagte nichts weniger, als daß hier im Amtsgericht Blaubeuren ein Richter waltete, der zwar anhauchte und drei Wochen Haft gab, in der Hauptsache aber, das heißt von seinem Kittchen her gesehen, einem respektablen Stromer-Geschenk gleich zu werten war. – Es ging in den Abend, und „Knulp“ war wieder einmal des Tippelns müde. Rasch entschlossen machte er kehrt, zog am Klosterbogen beim Glischte die Schell und sprach um Arbeit an.
Am anderen Morgen stand er Dodel gegenüber, gestand ohne Wimperzucken, daß er an die 170mal wegen angeblichen Bettelns und sogenannter Landstreicherei vorbestraft sei und gestern sowie an den Tagen zuvor auf der Blaubeurer Alb von Haus zu Haus um milde Gaben nachgesucht, also sozusagen gefochten habe. Da kamen der richterliche Anhauch und drei Wochen Haft, gerade so, wie es der Zinken offeriert hatte.
Der Schließer nahm den Kunden ins Doofes, ließ ihn dort drei Tage abliegen und alsdann die Gartenbeete der Frau Oberamtsrichter umgraben. Schon am nächsten Tag wurde die Frau Oberamtsrichter neugierig und fragte den Alten, was ihn denn hier herein gebracht hätte, worauf „Knulp“ zur Antwort gab, daß er in der Kirche falsch gesungen habe. Dieser Strafregisterauszug drang bis zu Dodels Kanzleifenster. Nach einer Stunde trug Dodels Magd dem Kunden eine doppelte Vesperportion in den Garten. „Alles ist vergänglich, selbst

Ganoven-ABC

Hier wohnt ein Polizist

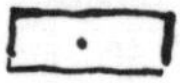

Der Besitzer ist brutal

Bissiger Hund

Hier bekommt man Geld

Frau ist allein mit Dienstmädchen

Hier gibt es etwas zum Essen

Ein Kranker hat hier Glück

Recht fromm tun

Im Haus sind drei Kinder, zwei Frauen und ein Mann

Hier muß man arbeiten

Ein Bett zum Übernachten

Hau ab so schnell du kannst

Die Leute werden handgreiflich

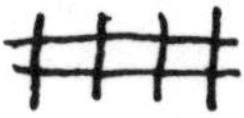

Vorsicht, hier droht Gefahr

Nichts zu machen

Achtung hier kannst du geschnappt werden

Hier droht Gefängnis

Hier verdienst du etwas als Krüppel

P Tausenden Schnaps

(II) Man ruft die Polizei

lebenslänglich", erst recht sind es drei Wochen Haft. Bei der Entlassungs-Verhandlung kam wieder der richterliche Anhauch, worauf „Knulp“ Besserung zu geloben hatte. Er sprach also:
„Betrüabt will i sei an älle zwoi Knie, wenn i wieder zu Ihne, Hähr, ins Doofes nei komm!
O Hähr, i mach au mein schöne Dank und im nächste Johr tu i ganz g'wiß au wieder Ihr Gärtle omgrabe!“

DER JAGDFREVEL

Am Blaubeurer Klosterhof liegt, wie ein kleines Paradies, das Repetenten-Gärtlein.

Dieses anmutige Gehege, mit Salbei, Fenchel und Raute darinnen, mochte schon der Pater Gärtner zu Zeiten des Monasterii Burense eingefriedet haben gegen den Wald, die Wiesen und die wilden Tiere. Seit jenen frühen Zeiten hatten wohl auch die heilsame Rose, die Iris und die Lilie hier gestanden, um, im Mörser zerstampft und mit Falerner gemischt, dem Biß der listigen Schlange zu wehren. Gewiß aber wurde in diesem Hortulus die preisliche Minze gehalten, deren Heilkräfte aufzuzählen ebensoviel bedeutet, als zu wissen, wie viele Fische im Erythräischen Meer schwimmen oder wie viele Funken aus dem Schlunde des Ätna fliegen.

Das Gärtchen Eden war am Ende zum „Hausgarten der Dienstwohnung des Stelleninhabers in Blaubeuren“ geworden.

Doch blühten darinnen in jedem Frühling neu der alte Salbei und die Minze, der Fenchel samt der roten und der weißen Rose. Immer aber, wenn ein neuer Repetent mit seiner jungen Frau einzog, war in diesem „Hausgarten der Dienstwohnung“ für zwei Liebende ein Gärtlein gezäunt, darinnen sie das Schlüßlein verloren und nichts anderes begehrten, als immer drin zu sein.

So war es auch zu Zeiten Dodels wieder einmal gekommen. Ein ebenso junger wie gelehrter Repetent hatte die nachbarliche Dienstwohnung bezogen. Mit den

Worten der Schrift bearbeitete er die Seelen der Seminaristen, mit Harke und Spaten das ihm zugekommene Gehege, mit der Liebe seines schwäbischen Philologenherzens aber die minnigliche Frau Wendelgart, während diese im Haus- und Gartenwerk ihrem Eheherrn Behaglichkeit und Frieden schuf. Eines Abends, da die beiden sich wieder ihres Gartenglücks erfreuten und Frau Wendelgart unverdrossen den Rechen über die frischen Beete zog, begann ihr Herr Repetent die dichterisch erkenntnisreiche Summe zu ziehen und den Walahfried Strabo zu rezitieren:

„Wenn hinterm Zaune, im bescheidenen Gärtlein
Du still in deiner Bäume Schatten sitzest,
Wo durch des Pfirsichs Laub die Sonne bricht
Und ihre Lichter auf dem Boden spielen ...“

Beim Worte „bricht“ war Frau Wendelgart bereits in einen Schrei ausgebrochen. Dort aber, wo der Sonne Lichter auf dem Boden spielten, hatte sich etwas geregt, war aufgesprungen und geradewegs unter Frau Wendelgartens züchtig langem Rock verschwunden.
Dieser Ausgeburt der Hölle nachzustellen, sie zu fangen oder zu erlegen, eilte der Gatte mit geschwungenem Spaten herbei. Das Gerät blitzte wie ein Richtschwert über dem Minnegärtlein. Das Tier aus dem Abgrund aber lag blutig und tot zwischen den Inhabern des Hausgartens.
Es war ein jähriger Hase, ein jagdbares Tier und zu allem hin noch bei seiner Erlegung vom Blaubeurer Landjäger erspäht worden, der gerade „Knulp“, den Landstreicher, dem Oberamtsrichter Dodel ein- und abgeliefert hatte. So ging es nun auch hier, wie es gehen mußte. Der Landjäger mußte den betretenen Jagdfrevler anzeigen, die Staatsanwaltschaft Ulm hatte ihn ebenso unausweichlich wegen Wilderei anzuklagen, und Dodel kam nicht darum herum, seinen gelehrten Nachbarn zum schlichten Angeklagten zu machen.
Das Vorbringen des angeklagten Herrn Repetenten in der Hauptverhandlung war ohne weiteres glaubhaft, im Grunde ein volles Geständnis. Der Staatsanwalt brachte den Sachverhalt vom Herzensgärtlein in eine hundertprozentige Übereinstimmung mit dem strafgesetzlichen Tatbestand.
Der Angeklagte habe an einem Orte, an dem zu jagen er nicht berechtigt gewesen sei, die Jagd ausgeübt. Nach dem Kommentar von Frank zu § 292 StGB sei unter Jagdausübung auch zu verstehen b) das Töten des Wildes ohne die Absicht der Besitzergreifung. Dies liege de facto vor. Eine etwaige phantastische Mißdeutung des jagdbaren Tieres durch den Angeklagten wäre rechtlich irrelevant. Der Angeklagte habe nun einmal diesen Hasen, ob mit oder ohne Nimbus, töten wollen und getötet. Er beantrage gegen den noch nicht vorbestraften Angeklagten eine Geldstrafe von 20 Mark

und stelle anheim, die allenfallsige Härte dieser Verurteilung im Wege der Gnade zu mildern.
Dodel sprach frei mit dieser Begründung: Eine Wilderei liege bereits in objektiver Hinsicht nicht vor. Der Hase sei im Zeitpunkt, da er vom Angeklagten erlegt wurde, unter dem Rock der Frau Repetent gesessen. Unter dem Rock der Frau Repetent stehe aber das Jagdrecht allein dem Angeklagten zu.

DIE BEFANGENHEIT

Die bekannte Waage der Justitia ist kaum mehr als ein Symbol des Richters. Scharf geschliffen wie sein juristischer Intellekt und seine Zunge ist auch die Zunge der Gerechtigkeitswaage. Als solche ist der Richter eine Seelenwaage. Der Söldnerssohn Klumpp aus Asch samt Blauhemd, Rohrstiefeln und Alimentenvorgang wiegt nicht schwerer als der „Aurora"-Vertreter Häring aus

Klingenstein. Dieser wiederum vermag die Waage nicht hinabzuziehen, auch wenn er sich an seinen Stuttgarter Firmenanwalt klammert. Anders wäre es, wenn die Richterwaage nach der einen oder nach der anderen Seite hin nicht austariert wäre, zum Beispiel wenn das Richterherz in etwa überhänge.

Die Prozeßordnungen sprechen hier von richterlicher Befangenheit. Der Staat hat dafür jeweils ein eigenes Eichamt eingerichtet. Für das Amtsgericht ist es das zuständige Landgericht. Wird der Amtsrichter als Waage der Gerechtigkeit von der einen oder anderen Partei oder von beiden Parteien beanstandet, so darf er vor dem rechtskräftigen Eichungsbescheid nur noch die unaufschiebbaren Handlungen vornehmen. Dieser Art kann der Fall zum Ladenhüter werden. Die Richterablehnung ist daher durchaus unbeliebt und wird, soweit der Richter auch noch ein Mensch ist, leicht als persönlicher Affront empfunden.

Da standen eines Tages tatsächlich der Vertreter Häring mit seinem Stuttgarter Firmenanwalt und der Söldnerssohn von Asch mit Alimentenvorgang vor Dodel wegen eines Blättle-Abonnements mit „Aurora"-Versicherungsschutz. Der klägerische Rechtsanwalt legte, seines Sieges sicher, den schriftlichen Aufnahmeantrag des Beklagten Klumpp auf den Gerichtstisch.

„Du do", frug Dodel, „host du do dös do unterschriebe?"

„Noi!" sagte der junge Mann in Blauhemd und Rohrstiefeln.

Der Vertreter Häring setzte Aurora-Miene auf. „Ich muß doch bitten ...", eiferte der Rechtsanwalt.

„So", sagte Dodel, „do schreibst mer etz deinen Zacharias Klumpp uff den Zettel na!"

Er sei konsterniert, sozusagen höchstlich verwundert, warf der Anwalt dazwischen.

„Des send zwoierloi Zacharias und zwoierloi Klumpp", stellte Dodel fest und pfiff durch die Zähne.

„Ich lehne den Richter wegen Befangenheit ab", rief

der klägerische Prozeßbevollmächtigte, „Begründung: Der Richter des Amtsgerichts Blaubeuren ist offenbar mit dem Beklagten aus Asch so eng befreundet, daß er ihn duzt."

Dodel schlug die Akten zu. „O Heimatland!" rief er. „Etz ganget Se no nach Ulm nei zu deane Ölschläger!"

DIE STREITGENOSSENSCHAFT BOCK UND GEISS

Eines Morgens war Dodel eines jener köstlichen Weglein hinaufgestiegen, die vor dem Horizont des Blaubeurer Talzirkus rasch und krumm zu einer der zahlreichen Nadeln und Brücken führen. Da stand nun der kleine, hagere Mann mit dem breitrandigen schwarzen Hut und dem kleinen Spitzbart wie auf einer Kanzel des Aachtals. Er überblickte an die hundert Morgen Himmel, in den draußen am Talende die Spohnsche Zementfabrik weiße Wolken blies. Drunten zu seinen Füßen hub die Altstadt ihren Tagesgang an. Im Seminar wälzten die Klassen eifrig Homer und Horaz, Pindar und Vergil. Doch daran konnte man nur mit den feinsten Spitzen der Seele rühren.

Anders die Welt der Handwerker und Banausen. Da dröhnte der Küfer am runden Bauch des Fasses, der Schmied klingelte am schwingenden Amboß. Vom Rathausplatz summte und zerfte, schepperte und mekkerte es zu dem Hochsitz hinauf. Der Kleinvieh- und Krämermarkt des Oberamts Blaubeuren machte sich zusammen. Seinetwegen war Dodel hier emporgestiegen, um sich „auszuluften", bevor der Markttag ihm seine Streite und Landstreicher ins Amtsgericht führte.

Nun sah er durch sein angezogenes Opernglas, wie in den Ständen auf dem Katzenkopfpflaster blaue Monturen ausgehängt, Schürzen, Hemden und Unterhosen ausgelegt, Würste und Brezeln gestapelt wurden. Auch

die Bettler hatten schon ihre Plätze an der scharfen Ecke bezogen. Eine dicke Häfnerin türmte Säulen aus Suppenschüsseln auf, unter denen Blumenvasen und Vasen der Nacht, irdene Krautkufen und die Venus von Milo standen.
Drüben auf dem Markt der Ziegen, Gänse, Stallhasen und Geltschafe kamen immer noch Neuzugänge: aus der Blautopfstraße heraus ein Seißener Bauer mit einem kapitalen Bock, die lange Bahnhofstraße herein eine Bäuerin aus Weiler mit einer vorlaut meckernden Geiß am Strickle. Weil nun mit der Geiß auch der Wind taleinwärts zog, hatte sie der erfahrene Bock in die Nase bekommen, ehe Bauer und Bäuerin, aber auch der Richterkönig mit seinem Fernglas, an die Möglichkeit einer rechtlich relevanten Verwicklung dachten.
Genug, die Geiß zog an, der Bock riß an. Die Bäuerin kalkulierte dazu: Also kaufe ich halt zuerst den Milchhafen. Der Bauer resignierte dazu: Man kann auch zuerst den Bierkrug erstehen und dann den Malefizbock verhandeln. Da war auch schon das Strickle mit dem Bock gerissen. Der Bock rannte auf die Geiß zu. Im Schreck entfiel der Bäuerin das Strickle samt der Geiß. Die Geiß zeigte sich spröd und abgeneigt und lief vor dem Bock ins Geschirr hinein. Da wankten die Säulen der Suppenschüsseln, stürzten krachend und klirrend auf die Milchhäfen, Bierkrüge und die Venus von Milo. Darüber aber stand Dodel mit seinem Operngucker auf einem Gipfel des Lachens. Mit einem Ruck verließ er seinen olympischen Hochsitz und rannte das krumme Weglein hinunter, stracks seinem Amtsgericht zu. Denn drunten auf dem Marktplatz rief gerade der Polizeidiener der keifenden Häfnerin die bedeutenden Worte zu: „Fraule, he ischt he! Etzt müaßet Ihr halt älle miteinander zum Dodel ufs Amtsgericht!“
Als Dodel durchs Seminarpförtchen eilte, kamen durch den Klosterbogen wie eine verhagelte Prozession der Bauer, die Bäuerin und die Hafnersfrau gezogen. Jedes führte ein Corpus delicti mit sich: der Bauer den Bock,

die Bäuerin die Geiß und die Häfnerin zwei Drittel der Venus von Milo.
Beim Gerichtsschreiber wollten sie Klage und Klagebeantwortung zu Protokoll geben. Da trat ihnen Dodel entgegen, öffnete den Gerichtssaal und erklärte: „In Uirem Fall brauch i koine Akte. I hab Uich zuguckt."
Ja, er hatte bereits droben auf seiner Kanzel der Landschaft das Grund-Urteil erlacht.
„Ihr wöllet Uich also net vergleiche?" fragte Dodel. Nein, sagten die drei, sonst wären sie ins „Lamm" gezogen.
„Also hat das Amtsgericht Blaubeuren für Recht erkannt: Die beklagte Bäuerin hat vier Teile und der beklagte Bauer zwei Teile der zerbrochenen Töpfe, Tassen, Teller samt Venus und sonstigem zerschlagenen Geschirr an die Häfnerin zu bezahlen und dementsprechend die Kosten des Rechtsstreits zu tragen. Von Rechts wegen!"
Da starrte ihm ein sprachloses Schweigen entgegen. „Entscheidungsgründe", erklärte Dodel, „dia Goiß

ischt mit vier Füß in dem G'schirr drenn g'stande, und der Bock bloß mit zwoi."
Die Entscheidung nach der Höhe des Schadens haben die Parteien unschwer im „Lamm" gefunden, wobei immer wieder unter dröhnendem Lachen gerufen wurde: „Ja, wia hätt' ma do au no andersch entscheide solle!"

DER QUERULANT

Eines Tages war in Blaubeuren ein Mann zugezogen, der auf dem Rathaus angab, daß er Eusebius Miesebe heiße, im letzten Haus am Blautopf wohne und seines Zeichens ein Seiler sei.
Eusebius Miesebe schien mit Armen, Hals und Beinen in Ofenröhren zu stecken, so daß der alte Rathausschreiber Seibold nahe daran war, aus der Amtlichkeit zu fallen und dem neuen Bürger zu erklären, daß er für seine Körperlichkeit in Blaubeuren weder Schuhe und Kragen, noch einen Schneider finden werde. Allein der hagere Mann in Übergröße und Jahren – offenbar ein Hagestolz – verriet hinter seinen runden Brillengläsern einen so angespannten Geist, daß der erfahrene Rathausbeamte nicht einmal das Meldeformular zu Ende fragte und die Ziffer „Vorstrafen" der Beantwortung durch einen Strafregister-Auszug überließ.
Dieser staatliche Geheimbericht verriet denn auch, daß Eusebius Miesebe vormals als Soldat dem „Hannes" in Ulm zu schaffen gemacht hatte, im milderen Klima diesseits des Kommiß aber zeitweilig in der Heil- und Pflegeanstalt Schussenried geweilt hatte.
So lag nun dieser Steckbrief auf dem Rathaus unter der großen Uhr. Der Rathausschreiber dachte seine Sache: daß ein Mensch, der Eusebius Miesebe heiße, kaum anders als nach dem Gesetz seines schizophrenen Namens auf militärischen und zivilen Wegen weitermarschieren könnte.

Mühle am Blautopf
Blaubeuren

Solche Meditation hing nicht gerade an der Glocke der großen Blaubeurer Rathausuhr. Nachdem aber Eusebius Miesebe unterm Blaufelsen wie ein Schuhu sich in die Zelle seines Häuschens einriegelte, das heimische Bier unbedingt verschmähte und wie magisch leise Schlingen um den Blautopf herum seine Seilerbahn zog, war es männiglich im Städtchen klar, daß dieser Neubürger ein „Besonderer“ war.
Eusebius Miesebe spann streng und wortlos am Blautopf seine Seillängen. Dabei nahm er alle Apfelbutzen und Butterbrotpapier an sich, welche die Schulausflüge hier ausstreuten, wenn sie im Vorgefühl des kommenden Erlebnis-Aufsatzes nach der „Schönen Lau“ angelten.
„Der Blautopf ist der große runde Kessel eines wundersamen Quells bei einer jähen Felsenwand gleich hinter dem Kloster. Gen Morgen sendet er ein Flüßchen aus, die Blau, welche der Donau zufällt. Dieser Teich ist einwärts wie ein tiefer Trichter, sein Wasser ist von Farbe ganz blau, sehr herrlich, mit Worten nicht wohl zu beschreiben; wenn man es aber schöpft, sieht es ganz hell in dem Gefäß.“
Was Wunder, daß dieser köstliche Gumpen mit der „Schönen Lau“ zwanzig Meter unter dem Spiegel seines Kalkwassers nicht nur getrunken und in Schulaufsätzen beschrieben, sondern auch erforscht wurde. Die Brauerei im Städtchen dankte ihm das Kristall ihrer „Kronenperle“. Mörike hatte im „Stuttgarter Hutzelmännlein“ alle Blautopfdichtung vorweggenommen. Auf dem Plan blieben unbestreitbar die Naturwissenschaftler und Techniker. Diese spannten den Spiegel bis an die 900 Quadratmeter heran und nutzten eine Schüttung von rund 1 000 Sekundenlitern für die Albwasserversorgung.
Welch köstliches buen retiro! Gerade auch für Eusebius Miesebe und seine Seilerbahn unterm Blätterdach der Eschen und Buchen rings um den Märchenborn. Wenn – ja wenn dieser Emigrant und Seiler aus dem Krampf

und Schwall der Welt nicht an Stelle einer waltenden Hausfrau die über allem waltende Reichsverfassung, das Strafgesetzbuch und zwei Prozeßordnungen in seine Blaubeurer Einsamkeit mitgebracht hätte.
Kein Wunder, daß der Seiler Eusebius Miesebe schon nach wenigen Monaten am Fels der örtlichen Rechtswahrung anrannte. Dies geschah also: Ein Ulmer „Sommervogel" hatte eines schönen Tages im Blautopf gebadet. „Ohne Badeanzug" und daher grob unfüglich, wie in Dodels Strafbefehl zu lesen stand. Was der Seiler Eusebius Miesebe, welcher das vorgeschriebene Ärgernis genommen habe, bezeugen würde. Der Ulmer, hart im Geben, erhob Einspruch, und der Zeuge Eusebius Miesebe wurde zur Hauptverhandlung geladen mit dem Formular, welches für den Fall seines unentschuldigten Fehlens eine geballte Ladung aus Kostenzahlung, Ordnungsstrafe und Vorführung androhte.
Alsogleich ging in Eusebius Miesebe der eiserne Vorhang des Widerstandes gegen alle Vergewaltigungen der Welt herunter. Er fehlte unentschuldigt und erhielt eine Mark Ordnungsstrafe. Dagegen lege er sofortige Beschwerde ein, schrieb er zurück. Er vermisse eine Begründung gemäß § 34 StPO und habe für sein Ausbleiben außerdem Gründe vorzutragen, mit denen sich das Gericht widerlegend auseinandersetzen müsse, „andernfalls stellt diese Entscheidung nur Willkür dar. Darüber hinaus bin ich der Auffassung, daß ich nicht ordnungsgemäß geladen war. Durch die Zustellung einer gerichtlichen Ladung zur Vernehmung als Zeuge wird für die darin bestimmte Zeit meine in der Reichsverfassung verankerte Freiheit verletzt. In dieses Recht darf nur auf Grund eines Gesetzes eingegriffen werden. In der zugestellten Ladung vermisse ich die Mitteilung eines Gesetzes, durch welches für die Vernehmung meiner Person als Zeuge eine grundsätzliche Zeugnispflicht besteht, auf Grund deren durch Zustellung einer gerichtlichen Ladung in meine Freiheit eingegriffen werden kann."

Auch dieses Dokument war nicht an die große Glocke gehängt worden. Doch bald darauf wurde im Städtchen und im Amtsgericht Blaubeuren Eusebius Miesebe nur noch der „Blautopf-Spinner“ geheißen. Dann wurde beim Amtsgericht Blaubeuren jener berühmte Prozeß Eusebius Miesebe gegen Königreich Württemberg anhängig, in welchem der „Blautopf-Spinner“ beantragte, es möge durch vorläufig vollstreckbares Urteil festgestellt werden, daß seine Erben berechtigt seien, ihn, d. h. die abgeschüttelte Last seines Irdischen, „gleich Richard Wagner“ im eigenen Garten nahe dem Blautopf zu begraben. Als Begründung führte der Kläger aus, daß er nach § 903 BGB mit seinem Eigentum „nach Belieben verfahren und andere von jeder Einwirkung ausschließen“ könne. Auch das Königreich Württemberg.

Doch dieses, anstatt Eusebius Mieseben den gewaltigsten Rechtskampf aller Zeiten zu ermöglichen, bestritt diabolisch seine Geschäfts- und Prozeßfähigkeit. Der „Staatsbürger und Steuerzähler“ Miesebe schleuderte Fluten von Schriftsätzen, welche sich im Amtsgericht Blaubeuren am Eisberg der beigezogenen Vorakten betreffend den Soldaten, Pflegling, Staats- und Gemeindebürger Eusebius Miesebe brachen und ohnmächtig in einem Regalfach mit der Aufschrift „Querulanten“ sich verliefen.

Bis eines nicht allzu fernen Tages der Stationskommandant dem Oberamtsrichter Dodel meldete, der „Blautopf-Spinner“ wäre seit einigen Tagen abgängig, und er wisse nicht recht, und er möchte fast sagen ...

Diese geheimnisvolle Verschollenheit wurde schon am anderen Tag, dem 3. August 1911, geklärt, als sich nur wenige Meter unter dem Blautopfspiegel die Leiche des Eusebius Miesebe verzeigte.

Sogleich befahl Dodel, daß alle Wasserhahnen im Amtsgericht verstopft und versiegelt wurden. Der Stationskommandant warf sich ins Rettungsschiffchen der Albwasserversorgung und fuhr wie Schwinds Ritter sinnend über die Wasserleiche hinweg. Doch diese drehte sich nur langsam um ihre einstige Seelenachse. Im Städtchen hing der „Blautopf-Spinner“ aufregend laut an der großen Glocke. Alle Herrenmägde rannten mit Kübeln und Kufen zum alten Pumpbrunnen im Klosterhof. Die Polizei zog einen Kordon gegen den Andrang der sachverständigen Gaffer. Im Quelltopf aber war es wie zu Zeiten der „Schönen Lau“ – „nicht anders, denn als wenn zum wenigsten ein Stücker sechs Blaufärber samt einem vollen Kessel eben erst darin ersoffen wären“.

Silbern rührten die Wasser von allen Seiten an Eusebius Miesebens hagere Leiche. Der Stationskommandant und seine Landjäger versuchten jetzt mit einer Stange in ihre schwebende Freiheit einzugreifen. Doch kaum hatte diese Lanze staatlicher Macht ihren Silberkreis berührt, da schoß der Tote wie ein Hecht in die Tiefe, war grüner, blauer Schatten und verschwunden.

Dodel, welcher halbdienstlich diese posthume Festnahme aus der Ferne mit dem Opernglas verfolgte, meinte abschließend: „Wo der em Landjäger sein Sabel g'seah hot, do hot'r denkt: I gang dur! Ond isch' na g'fahre.“

Auch der „Blaumann“, das Lokalblatt, konnte sich des Falles Eusebius Miesebe nicht entschlagen. Im Inserateteil kündigte der Brauereibesitzer zur „Krone“ laut und vorsorglich an, daß seine Biere keinen Tropfen Blautopfwasser enthielten. Der Stadtrat tagte, und der Oberamtmann rief aus Ulm einen Pionierzug zu Hilfe. Massiv griff die Welt der Uniform nun auch in Eusebius Miesebens Totenreich ein. Doch alle Sprengungen bis in die blaueste Tiefe hinab brachten nur eine Hagenbuche herauf, welche Anno 1895 in den Blautopf gestürzt war.

„Ha no!“ meinte Dodel, „etz woiß i airscht, was en Querulant ischt.“

Die Blaubeurer aber sagten, die Ulmer Soldaten hätten nur ihren Blautopf sprengen können, der jetzt rinne. Der „Blautopf-Spinner“ aber ziehe durch die Grotten

und Klüfte der „Argen Lau“ seine Seilerbahn, tief unten und mitten durch den Berg.
Bis dann plötzlich am 12. Januar 1912 der Blautopf strudelte und „kochte“: Grün vor Zorn und braun voll Unflat stürzten und brodelten die Wasser geradeauf gen Himmel. „Hört Ihr denn nicht im Städtlein den Lärm? Der Blautopf leert sich aus, die untere Gasse ist schon unter Wasser, und in dem Berg am Gumpen ist ein Getös und Rollen, als wenn die Sündflut käme!“
Da schoß die grausige Leiche des Blautopf-Spinners aus der Tiefe herauf und blieb am Fallenstock bei der Pumpstation hängen. Ein paar Kleiderfetzen waren vom Leibriemen zusammengehalten. Die nackten Beine steckten in den Schuhen.
Was der mit der „Argen Lau“ gezerft und gehändelt haben möchte, raunten die zugelaufenen Leute aus der Stadt.
„Ein Querulant vom Scheitel bis zur Sohle!“ meinte der Oberamtmann.
„Dem kan au i nemme helfe“, sagte Dodel und steckte das Opernglas in die Rocktasche. „Aber alle Achtong vor dem Querulant! Weil der se sogar en de Blautopf abg’meldet hot. Sonst hättet mer etz a halbs Johr lang Floischbrüah g’soffe!“

DER RANDBERICHT

Es war in jener Zeit, da es der Staat mit einem Hilfsrichter und Amtsanwalt in Blaubeuren versuchte. Dem Oberamtsrichter Dodel wurde ein etwas spät berufener, dicklicher und philharmonischer Gerichtsassessor geschickt, welcher des Tages siebenmal „Lalagen dulce ridentem“, Horazens hold lächelnde Lalage, heraufzurufen pflegte.
Der Gerichtsassessor hatte in seiner Eigenschaft als Organ der Staatsanwaltschaft nicht nur beim Amtsgericht Blaubeuren, sondern auch in Münsingen in den Hauptverhandlungen die Anklage zu vertreten. Zu Blaubeuren fungierte er außerdem noch als Zivilrichter, gemütvoll langsam, viel zu langsam für den genial improvisierenden Oberamtsrichter Dodel.
Als Inhaber seiner zweiten Amtsanwaltschaft fuhr der gewichtige Herr allwöchentlich einmal auf die Münsinger Alb hinauf, klagte an, saß im „Ochsen“, dann wieder im Gerichtssaal und abschließend nochmals im „Ochsen“, eben bis das Zügle wieder mit ihm das Schmiechtal hinunter rollte.
Das war nun eine richtiggehende Dienstreise, und eine solche hat noch zu allen Zeiten, sogar in Württemberg, Tagegelder oder Diäten ausgelöst. Nun ereignet es sich bei Neueinrichtungen im Apparat der Ämter gar leicht, daß sich der Staat in der Beurteilung der neuen Funktion und ihrer Lebensnotwendigkeit zunächst einmal vergreift. In der Regel nach unten, versteht sich. Bereits

im konstituierenden Ministerialerlaß ist deshalb die Weisung üblich: Über die Erfahrungen mit der Neueinrichtung sei nach einem Vierteljahr zu berichten. So auch in Sachen der neuen Amtsanwaltschaften Blaubeuren – Münsingen.
Der fühllos späte Berichtstermin kam heran, und der spätberufene Amtsanwalt und Hilfsrichter wagte gehorsamst, sich dahingehend zu äußern: Amtsanwaltschaften und Hilfsrichterei hätten sich seines Erachtens durchaus bewährt, nicht aber die Diäten. Und nun begann er zu explodieren: Daß man bei den Tagsatzungen des Münsinger Amtsrichters wie ein Sturzbach in einem fort reden müsse. Daß Redenhalten bekanntlich Durst mache. Daß man sotanen Durst auch immer noch gelöscht habe. Auch ein Gerichtsassessor und Amtsanwalt. Beim Mittagessen nur mit zwei Glas Bier. Auch am Abend? Von hier aus betrachtet, bitte er ergebenst um Verstärkung der bisher bewilligten Diäten. Denn – „Wein aber ist allen Getränken vorzuziehen".
Diesen Ruf de profundis legte Dodel mit folgendem Randbericht dem Justizministerium vor: Er gehe mit dem Amtsanwalt und Hilfsrichter einig bis auf die Frage Wein. Dieses Getränk illuminiere und beflügle des Menschen Kopf und Geist. Der Gerichtsassessor scheine aber bis dato seine Anklagen und Urteile weniger mit dem Kopf zu machen als mit dem – Gegenteil.

DAS SCHÖFFENGERICHTS-URTEIL

Eines Abends trieb der Metzger Gottfried Ephraim Neander zwei Ochsen die Seißener Steige hinab. Das Sonnenrad rollte hinter ihm im auskühlenden Rot über die Alb, während der Viehtreiber in zunehmender Weißglut entbrannte. Die Ochsen sperrten, bockten und sträubten sich, entgegen dem alles haltenden Gestirn in die Bolge des Blaubeurer Infernos hinunterzusteigen. Da übergab der Meister den Halfterstrick seinem Lehrjungen, setzte sich hinter die Ochsen ab und diesen mit einem Prügel zu. Als letzte seiner Künste ringelte er den Tieren infernalisch die Schwänze, bis die Wirbel krachten. Gerade als der Blaubeurer Landjäger dazukam, das gesetzlich vorgeschriebene Ärgernis nahm und den Bürger Gottfried Ephraim Neander wegen Tierquälerei zum Beschuldigten machte.
Damals rollte in heller Glut das Rad der Tierquälerei durch die Seele des deutschen Volkes. So kam es, daß die Ulmer Staatsanwaltschaft den Beschuldigten vor dem Schöffengericht Blaubeuren zur Anklage brachte. Aber auch der Angeschuldigte Neander wußte, was er dem Zeitgeist schuldig war. Ohne mit der Wimper zu zucken, wappnete er sich mit dem Rechtsanwalt Dr. Fuchs I als Sekundanten. Also trat er vor Dodel und zwei beisitzende Bauern von der Hohen Alb in die Arena des Blaubeurer Schöffengerichts.
Hier nahm der gelehrte Ulmer Verteidiger den Angeklagten bei seinem gelehrten Namen und führte aus,

durch wieviel tausend Formen das Leben hindurchgegangen sei, um von dem Pithecanthropus und dem Neandertaler bis zu dem gegenwärtigen Angeklagten Gottfried Ephraim Neander zu gelangen. Wobei diese beiden tierhaften Vorgänger des heutigen Menschen bereits durch die Vettern jener beiden Ochsen, welche sein Mandant angeblich „boshaft gequält und roh mißhandelt" hatte, auf die Hörner genommen worden seien. Wer könne bei solcher Sachlage als homo sapiens über eine Jahrmillion hinweg intuitiv verläßlich feststellen, daß der Angeklagte ein Tierquäler sei ...?
Unter diesen angefachten Zweifeln zog sich Dodel mit seinen Schöffen in das kühle Beratungszimmer zurück. Draußen stand die grüne Stille des Klosterhofs, in welche die Spatzen von den Dachrinnen herab unentwegt schrien: „Er isch's! Er isch's!"
Dennoch sagten die beiden Schöffen wie ein Mann, daß

Gottfried Ephraim Neander kein Quäler seiner Ochsen gewesen sei. Dodel schloß sich dagegen dem an, was die Spatzen vom Dach pfiffen und ließ sich von seinen gleichberechtigten Schöffen überstimmen. Dann sollten sie ihm aber wenigstens auseinandersetzen, warum der Gottfried Ephraim kein Tierquäler sei, meinte er, denn er, der Vorsitzende, müsse den Freispruch mündlich und schriftlich begründen.
„Er isch's it!" bockte der eine und „Er isch's halt it!" bockte der andere Schöffe. „Etz kan i dös Urteil scho begründe", meinte Dodel.
Und er verkündete also: „Der Angeklagte wird von der Anklage der Tierquälerei *von zwei Ochsen* freigesprochen. Die Kosten übernimmt die Staatskasse."

DER PATER FAMILIAS

Oberamtsrichter Dodel bewohnte zu Blaubeuren in der klassischen Art den ganzen ersten Stock des Amtsgerichtsgebäudes. Unter ihm lagen die Amtsräume des Hilfsrichters und Amtsanwalts, der beiden Gerichtsschreiber, des Gerichtsvollziehers, der Sitzungssaal und Schreibtisch, die Gerichtskasse und das Aufwärterzimmer, auch die Kanzlei des Amtsvorstands, zu welcher der Oberamtsrichter morgens wie Zeus vom Olymp herabstieg.

Draußen floß die muntere Aach hart am Amtsgerichtsgebäude vorüber. Sie kommt von Urspring und Schelklingen herein, hatte vor Zeiten den einen Teil des Blaubeurer Talkessels gegraben und eilt schon wenige Meter hinter dem Amtsgericht mit der jugendfrischen Blau zusammen zum anderen Teil des Blaubeurer Felsenzirkus hinaus nach Ulm in die Donau.

Ein Holzbrückchen führte vom Amtsgericht über das Aachbächlein in den Hausgarten hinüber, wo die Frau Oberamtsrichter Rettiche, Salat und Stangenbohnen zog.

Eines fehlte in Dodels Residenz, das Gefängnis. Es lag mit der Wachtmeisterwohnung zusammen in der oberen Stadt. So konnte es nicht hier geschehen sein, daß dem unvermutet visitierenden Ulmer Landgerichtspräsidenten aus dem Frieden des Ganges im Amtsgericht ein kehrender Mann entgegentrat, der auf die Frage nach Nam' und Art erklärte: „Ich bin der Herr Gefangene."

Statt dessen zählte zu Dodels Hausstand die Hausgehilfin der Frau Oberamtsrichter. Sie hatte im Dachstock ihre Kemenate und konnte damals noch als „die Magd bei Oberamtsrichters“ betitelt werden, ohne auf

der Stelle zu entlaufen. Im übrigen war die Maid aus Beiningen zwanzig Jahre alt und hatte diese ebensowenig zu Hause gelassen wie ihre hübsche Hülle.
Genug, zu nachtschlafender Stunde, im Mai, rumorte es einmal im Amtsgericht Blaubeuren. Da, wo die Perle der Frau Oberamtsrichter legaliter nur „von Bräut'gam und nächstem Jahr“ zu träumen hatte. Dodel vernahm das hinreichend verdächtige Geräusch. Wie ein geölter Blitz fuhr er in die Hose und in das Erdgeschoß der Kanzleien hinab. Nicht etwa zu den Kommentaren und Entscheidungssammlungen als den Wurzeln seiner Kraft, wohl aber zu seiner Donnerbüchse, welche Tag und Nacht im Papierkorb neben seinem Schreibtisch stand.

Also bewaffnet zog Dodel gegen den verstörten Geist zu Felde. Es dauerte nicht lange, da schwebte ihm dieser, barfuß und in Unterhosen, entgegen. Um ihn festzumachen, sprach Dodel die geflügelten Worte:
„Freund, wie bist du hier hereingekommen und hast doch kein hochzeitlich Gewand an?“
Der Geist in Unterhosen erstarrte auf diesen Anruf zu sündigem Fleisch und Bein. Und Dodel warf ihn hinaus in die äußerste Finsternis, allwo waren Heulen und Zähneknirschen.

DER UNNATÜRLICHE TOD

Immer wieder ereignet sich im Jahr des Amtsrichters ein – wie die Strafprozeßordnung sagt – unnatürlicher Tod.

Der Amtsrichter mit Frau und Kindlein ist schon in der Kammer, da schellt es, und der Landjäger ruft zum Fenster herauf, daß sich einer erhängt habe; eine richterliche Leichenschau scheine erforderlich, vielleicht auch eine Leichenöffnung. Die Staatsanwaltschaft habe eine Sektion beantragt, sie verzichte dafür auf Anwesenheit. Resignierend schließt der Amtsrichter das Fenster, zieht seinen Mantel an und die Mappe „Unnatürlicher Tod“ heraus. Auch ein Amtsrichter soll nicht vergessen, daß er und seine Fälle aus dem Dunkeln kommen und wieder ins Dunkle gehen.

So meldete eines Abends der Stationskommandant Wenzelburger dem Oberamtsrichter Dodel von der Freitreppe aus, daß der Wegknecht von Scharenstetten an einer Feldbuche hänge. „Ein weiter Weg nach Scharenstetten“, dachte Dodel. Dann machte auch er sich auf den dunklen Pfad des Amtsrichters. Unterwegs, bei Bermaringen, überholte ihn der Blaubeurer Totengräber Selig mit einem rumpelnden Bauernwagen. Dodel kletterte auf eine braunschwarze Kiste hinauf. Die dröhnte hohl und gähnend, dieweil das Gefährt an den gestutzten Köpfen der Bermaringer Weidenbäume vorüber die Straße hinaufpolterte. Doch in der Innenwelt des Richters ging es um wie eine gefangene Frage. Bis der kleine, spitzbärtige und schwarzmantelige Totengräber, wie ein zweiter Dodel, auf einmal vor sich hin sagte: „Gerade so lang wie für einen Oberamtsrichter und einen Totengräber!“ Da war die bedrängte Frage entlassen, Scharenstetten erreicht und auch die Leichenschau alsbald vorüber.

Der Herr Oberamtsrichter könne sogleich wieder mit zurückfahren. Nur – der Wegknecht, der müsse eben auch mitgehen. Ins Blaubeurer Totenhaus, als Fahrgast und sozusagen als seine Beute; in der soliden Kiste, versteht sich, weil der erhängte Wegknecht nun einmal in Scharenstetten nicht länger verbleiben könne und wolle.

„Die Leiche des Menschen ist juristisch eine Sache“, erklärte Dodel und setzte sich wieder neben den Totengräber auf das Kopfende der Kiste. Das hätte er nicht gedacht, meinte der Totengräber, daß ein königlich-württembergischer Oberamtsrichter so viel Mut habe.

Was es denn da zu fürchten gebe, fragte Dodel.

Die Leiche von einem mutigen Oberamtsrichter werde ihm immer und auf jeden Fall lieber sein als das verlassene Gehäuse eines hasenfüßigen Federfuchsers, bemerkte der Nebensitzer.

Da werde Leiche schon gleich Leiche sein, und jede, wie gesagt, eine Sache, erklärte Dodel.

Auf alle Fälle könne der Herr Oberamtsrichter Dodel seiner besonders sorgfältigen Sachbehandlung sicher sein, wenn er in der Kiste ... und ja, in dreißig Jahren werde bei ihnen beiden alles vorüber sein. Dodel schwieg. Um so gesprächiger wurde jetzt sein Totengrübel. Der Wegknecht da drunten ... er deutete gar nicht tief ... der werde nun also doch *ihm* gehören.

Die Leiche des unnatürlich verstorbenen Wegknechts von Scharenstetten bedürfe dazu noch der richterlichen Freigabe, entschied Dodel.

So werde er also nun halten und die Kiste öffnen müssen, sagte der Totengräber.

Die gerichtliche Freigabe einer Leiche erfolge durch

schriftliche Verfügung, regelmäßig in Abwesenheit der betroffenen Sache, sprich Leiche, erklärte Dodel. Dann werde er doch halten und aus der Kiste wenigstens Notizbuch und Bleistift holen müssen.

Die Freigabe erfolge auf amtlichem Formular und mit gerichtlichem Stempel.

Dafür sei er auch, stimmte der Totengräber eifrig zu, denn so ein Erhängter, der abgeschnitten neben einem Notizbuch mit Bleistift unter einem Oberamtsrichter und Totengrübel über eine Straße der Blaubeurer Alb holpere ...

Der müsse jenes Minus, welches ihn zur juristischen Sache gemacht habe, gewiß ganz und gar von sich abgeschüttelt haben, rückte Dodel unvorsichtig ins Metaphysische hinüber.

Das könne man aber schon gar nicht wissen, sagte der Totengräber. Mitunter zeige es sich nächtens sogar noch auf der Kirchhofmauer im weißen Laken. Dieses Ding möge er mit seinem Gerichtsstempel auf dem Amtspapier dem Engel oder dem Teufel freigeben. Den Wegknecht aber ...

„Der gehört noch immer mir!“ rief Dodel.

„Ond dös in meiner Kist!“ rief der Wärter der Unterwelt. „Na muaß der!“

„Sia, unterstandet Se sich jo net!“ ereiferte sich Dodel. „I sag Ehne: Im Namen des Gesetzes ...!“

„Dös, wo nix mai gilt für den do unter mir!“ schrie der Totengräber und griff krallig an seinem Partner vorüber.

„Do krach scho an Donner ...“, schrie der Oberamtsrichter, und da flog er auch schon über das Vorderrad hinweg in den Straßengraben.

„Hähä! Do an der Stell’ hot dem do sein Urähne den Scharenstetter Bot’ ombrocht!“ meckerte der Hadeswächter.

Dodel stützte sich auf ein halbversunkenes Sühnekreuz, an welches der Schüdderump angeeckt war.

„I geb’ ehn frei“, keuchte er mit letzter Kraft.

„Hähä", rief der Totengräber und schwang die Geißel.
Der Schüdderump sauste die Steige hinunter.
„Na doa dur i den do, hähä! Na doa ... dur i ... den do!" tönte es zurück. Und die Raben stürzten sich von den Weidenköpfen, die rechts und links der Fahrt jetzt ins einbrechende Mondlicht starrten.

DER SCHARFE EID

Schon als junger Richter hatte sich Dodel die Erkenntnis erwandert, daß am Anfang aller richterlichen Tätigkeit die Tatsachenfeststellung steht.

Nicht immer tritt hier die Urkunde mit ihrem vermutlichen „Ja, ja – Nein, nein" auf den Plan; auch nicht das Geständnis als die, wiederum nicht immer unfehlbare, „regina probationis". Der unentbehrliche Zeuge mit seiner Menschenqual war auch dem Richter Dodel gar bald zur Frage geworden. Die Prozeßordnungen haben hier zwar bei der Religion als Mittel der Wahrheitsbekräftigung den Eid ausgeborgt. Man schwor ihn damals noch vor Kreuz, Kerzen und Bibel. Dennoch hatte schon der Assessor Dodel mitunter einem Schäfer, Viehhändler oder Bauern bedeuten müssen: „Do leget Se Ihre linke Hand uff mein' Tisch. Se kennet den Eid net ableite."

War da nicht eine respektable Portion Aberglaube wirksam? Wie verhielt es sich daneben mit dem Glauben an Gott, den Allmächtigen und Allwissenden, in dessen angerufener Zeugen-Gegenwart diese Schäfer, Viehhändler und Bauern eines um das andere Mal zu schwören hatten, daß sie nicht logen? „Meineid ist ein schweres Verbrechen, kommt vor das Schwurgericht und wird mit Zuchthaus bestraft!" Gut! Und das andere: „Die Heiligkeit und Wichtigkeit" des religiösen Eides? Sollte er seine Bauern und Bauernabkömmlinge wie jener bayerische Kollege also belehren: „Wenn Ihr

einen Meineid leistet, dann setzet Ihr euch auch noch den ernstesten Unannehmlichkeiten im Jenseits aus"? Sollte er da nicht doch gleich lieber jene respektable Portion von diesseitigem Aberglauben ungeschminkt und vollgewichtig in den Dienst der Wahrheitsfindung stellen? Samt der daran hängenden Angst um jene Dinge, auf denen mancher Mann mit beiden Füßen steht: „Ochs, Esel und alles, was sein ist."
So war der Oberamtsrichter Dodel zu seinem berühmten „Scharfen Eid" gekommen. Schon die listenreichen

Griechen hatten ihren schwach gewordenen Schwur zum „Großen Eid" gesteigert.
Von Fall zu Fall beschloß Dodel immer wieder: „Die milde Form des Eides erscheint dem Gericht hier nicht ausreichend. Es wird daher der scharfe Eid angeordnet." Und zum Eidespflichtigen gewendet fuhr er fort: „Etz schwätzet Se mir noch: Wohr isch ond i lüeg net. So wahr mir sonst mein ganzes Vieh verrecken soll!"

DER KINDLESPROZESS

Sonnig und bänkchenbestanden führt der Blaubeurer „Tugendpfad“ zum Rusenschloß hinaus. Birken und Haselbüsche hängen einen lichten Vorhang an die Talseite. Drunten, von der Bleiche bis nach Gerhausen, begleitet die blaue Blau durch wonnige Wiesen den Traumweg aller Liebespaare.

An einem Sonntagmorgen im lieblichen Mai erklang hier eine Flöte süß und fromm, als die Monika Braig aus Arnegg bitter hassend dem Rusenschloß zustrebte. Das Mädchen, schön und verführerisch wie die Sünde, wußte sich im vierten Monat. Im übrigen wähnte sie, daß sie alle Männer hassen und vom Rusenschloß ebenso nach Arnegg schauen, wie in die Tiefe hinunter springen könnte. Da sang die Flöte aus dem Haselbusch:

„Lasse nur den Vater sorgen ...
Wie das Sonnenlicht am Morgen
Auch durch trübe Wolken bricht ...“

Die Monika mußte an der Flöte und dem höhnenden Lied vorüber. Es war der Augustin von der Bleiche, der angejahrte Wäscher und Junggeselle, der seiner Jugend nach- und seinen Spartausendern in der Blaubeurer Stadtkasse drunten das alte Kirchenlied entgegensang.

Sogleich erfaßte das wife Mädchen die strategische Lage und nicht lange stand es an, bis sie tête-à-tête beim Augustin unterm Haselbusch saß.

Auch hier kann man nur wieder sagen, daß es ging, wie

es ging und wie es zu gehen oder nicht zu gehen hatte. Genug, am ersten Donnerstag im Oktober standen der Augustin, die Monika und der Inspektor vom Jugendamt im Wartezimmer des Blaubeurener Amtsgerichts, allwo sich verdächtig viele Jungmannen herum-

drückten. An jedem ersten Donnerstag im Monat hielt Dodel Güteverhandlung in Alimentensachen ab. Heute auch in der Angelegenheit des Mündels Gisela Braig gegen den Wäscher Augustin. Wie der wohl in diese uneheliche Geschichte hineinkam? „Heut hab' i's bloß mit dene Zahlmeister", eröffnete Dodel die Verhandlung und fügte ergänzend hinzu: „Höhere militärische Ränge werden in vierzehn Tagen verhandelt."
Ob er dann bis zum übernächsten Donnerstag vertagt sei, fragte einer aus dem Auditorium.
„Wer bist denn du?" gab Dodel zurück und kniff die Augen zusammen.
„Ich bin der Plurium!" meldete die Stimme. Ein „Plurium" war immer noch ein Mehrverkehrszeuge. „Alle Vorreiter abtreten!" kommandierte Dodel. Der Zuhörerraum leerte sich merklich.
Und nun zogen wieder die Fälle all der Kinder vor-

Rusenschloss
bei Blaubeuren

über, die weder von ihrer Mutter, geschweige denn vom „pater incertus", dem ewig ungewissen Erzeuger, willkommen geheißen wurden: die Mündel, Impflinge, Schüler, Rekruten, Wähler und Sterbefälle. Nicht wenige von ihnen wurden mit der exceptio plurium, jener uralten Einrede des Mehrverkehrs der Mutter, bedacht.

„In vierzehn Tagen mit allen Chargen", beschloß Dodel immer wieder das kurze Frage- und Antwortspiel, das sich um die ebenso schlichte wie folgenschwere Zahl-Vaterschaft drehte. Am Schluß rief er den Fall seines lieben Nachbarn Augustin von der Bleiche auf, des „Pluriums" sicher wie des Amens in der Kirche.

Die sündig schöne Monika hatte das Mündel mitgebracht, die Klägerin Gisela Braig, gesetzlich vertreten durch das Jugendamt Blaubeuren. Ob auch in vierzehn Tagen und mit welchen Regimentskameraden? fragte Dodel.

Da trat ein Leuchten auf das Antlitz des alten Hagestolzes, das warm und sonnig wurde um Augen und Mund.

„I ben's!“ sagte der liebe Augustin.
„Was, zum Teufel, was?“ rief Dodel in den Saal. Der Gerichtsschreiber grinste. Der Inspektor klappte die Jugendamtsakten zu und schrieb darauf „Erledigt“. Da schrie das Mündel Gisela Braig zum Gotterbarmen. Aber die Arnegger Monika trug den zullenden Wurm schnell hinaus. „Halt's Maul, Gisela“, wisperte sie in das Tragkissen. „Wo du do grad en so en guete Vatter kriagt hoscht.“

DIE FRAU OBERAMTSRICHTER

Nenne mir, Muse, die Frau, die mutig und vielerfahren
Folget dem menschlichen Manne jenseits der goldenen Berge –
Einst in bukolischer Ruhe – heute im wirbelnden Rade,
Immer abseits der Rennbahn und Preise des staatlichen Agon:
Singe, o Muse, des Amtsrichters Frau mir im preislichen Liede!

Dodel, prima facie gesehen, fuhr schlecht mit den Frauen. „Die Weiber" schienen ihm das instrumentum diaboli, des Teufels Werkzeug, in der Welt zu bilden, und auch er hätte wegen des Apfeldiebstahls im Paradies gewiß diese andere Hälfte der Menschheit verurteilt. Nachdem dieses Urteil aber seit unvordenklichen Zeiten rechtskräftig geworden war, die Strafvollstreckung jedoch leider noch immer nicht abgeschlossen ist, blieben für den Nachrichter Dodel nur jene kleinen Torts und Malicen übrig, wie sie noch immer in guten Dramen die Epigonenrollen füllten. Dodel hat sich unter dem Stichwort „Weiber" Szenen und Bonmots geleistet, zu deren Materialisation die Literatur nicht so leicht das notwendige Stäubchen finden wird.
Und doch hätte er hier zum mindesten jene Frauen der Begnadigung empfehlen sollen, welche das Wagnis auf

sich nahmen und immer noch auf sich nehmen, einem Amtsrichter in allen Phasen seiner simplen Metamorphose Genossin zu werden und zu bleiben. Da gab es zu Dodels Zeiten noch das „Hungerjahr“, jenes staatlich verordnete Hinausgehaltensein in eine bodenlose Leere, allwo das Nichts nichtet. Folgten dann jene beklemmenden Gänge nach Stuttgart, „zu deinem Fürst, wo du nicht gerufen wirst“.

Was hatte da Dodels Laupheimer Kollege für eine prächtige Walküre beim brünstigen Streit auf dem Stuttgarter Ministerium. „Sag's auf schwäbisch, sag's ihnen auf oberschwäbisch!“ rief sie dem wankenden Gatten nach, der zur Walstatt schritt, während die preisliche Frau bei Walvater Eberhard im Bart die Rückzugsstellung hielt.

Von Landgerichtsratsfrauen wird erzählt, daß sie in der schreibmaschinenlosen, köstlichen Zeit Urteile in die Institutsschrift diktiert bekamen. – Rechtsanwaltsfrauen sind noch heute das mahnende Gewissen des Gebühreneingangs: „Das sage ich dir, mein Lieber, diesmal hat dich der Viehhändler Schwänzle reingelegt. Warum hast du mir nicht gefolgt und dem Klienten Jus ohne Vorschuß gegeben?“

Wie anders die Amtsrichtersfrau mit ihrem Richterkönig auf weiter Flur allein. Keinen Augenblick ist sie berufssicher, sie ist der Prüfstein und Prellbock für alle noch offene Unordnung des Gerichtskreises. Da setzt der beladene Amtsrichter sich also zur Nudelsuppe: „Tatbestand: Ein Zeitgenosse hat Frau und drei eheliche Kinder. Zwei uneheliche wollen Alimente. Wie hoch ist der notwendige Unterhalt – ich sage der notwendige – des Mannes und der ordnungsmäßige – notabene der ordnungsmäßige – der Frau mit ihren drei Kindern? Bis heute abend, aber objektiv, bitte!“

Die Amtsrichtersfrauen sind mit den Pfarrersfrauen zu vergleichen. Zwar werden sie kaum eine Predigt machen müssen, aber sie werden in langer Ehefrist vor Gott und den Menschen die Arten und Unarten ihrer

Richterkönige auszugleichen haben. Wenn sie ihren Mann auch nicht, wie die Weinsberger Weiber, über den Bach zu tragen, aber, wie Justinus Kerners Frau, zu ertragen haben.
Auf die Formel eines solchen Ausgleichs ist es wohl auch zu bringen, wenn Dodel senex bei der Begrüßung auf der Ulmer Agora immer raunzte: „Saget Se no Dodel zu mir. Aber wenn's Ehne passiert, daß Se meiner Gnädigen begegne, die ist fei' die Frau Oberamtsrichter."

DAS GIPS-URTEIL

Das deutsche Strafrecht kennt keine Verdachtstrafe. Dem Angeklagten, der verurteilt werden soll, sind zuvor Tat und Schuld zu beweisen. Der Richter, welcher verurteilt, muß die volle richterliche Überzeugung im Hinblick auf die Außenwelt der Handlung und das schuldhafte Innere des Täters erlangt haben. Solche Erkenntnis geht immer wieder mitten durch die Existenz des Richters, welcher nach einer Definition von Professor Kisch „auch ein Mensch sozusagen ist".

Darum konnte Dodels Nachbar, der Amtsrichter von Münsingen, den Freispruch des Schäfers von Aichelau also begründen: „Freigesprochen hat Sie der Amtsrichter Hipp, weil er noch einen Zweifel hat. Der Josef Hipp aber, welcher gerade redet, ist überzeugt, daß Sie die Sau gestohlen haben."

Anders der Oberamtsrichter Dodel. Bei ihm war der Schäfer von Dornstadt hinreichend verdächtig erschienen, einen Sack Gips gestohlen zu haben. „Se hent en also net g'stohle, den Gips?" fragte Dodel abschließend den Angeklagten, nachdem auch die Zeugenvernehmung im Pferch des hinreichenden Verdachts steckengeblieben war.

„Bei meiner Seel' net", beteuerte sein Schäfer.

Worauf ihn Dodel aus ungeteilter Seele freisprach, nicht ohne seinem Abgang von der juristischen Bühne nachzuschauen. Denn Dodel hatte mit seinem Amtsgericht Blaubeuren abgeschlossen und wußte, daß es auch in diesem Bezirk kaum mehr als die klassischen zehn Prozent der Gerichtseingesessenen waren, welche vor seinem Richterstuhl immer wieder vorüberzogen. Er brauchte auch nicht lange zu warten, bis der Schäfer von Dornstadt wiederkam, diesmal mit einem gestohlenen Hammel des Nachbarschäfers. Und dieser Hammel blieb nicht im Pferch des hinreichenden Verdachts, sondern weidete im Kleeacker eines vollfetten Beweises.

Der Staatsanwalt beantragte drei Wochen Gefängnis. Dodel verurteilte den Dornstadter Schäfer zu einem Monat. In der Begründung führte er aus: Auch nach seinem Urteil sei der Hammel drei Wochen Gefängnis wert. „Das andere ist für den Gips."

DER ZWANGSVERGLEICH

Wiederum muß bis in die Frühe des verlorenen Paradieses zurückgegangen werden. Der Apfeldiebstahl des schlimmen Weibes hat nicht allein die Schlehdornen und Silberdisteln der Rauhen Alb zu verantworten. Täglich wachsen auch in dem krausen Menschengarten der Amtsgerichtsbezirke gar stachelige Streite und Kriege heran. Was wunders, wenn der Oberamtsrichter, als staatlich verordneter Schlichter, Richter und Prügelmeister, sie ebenso schnell wieder beizulegen bestrebt ist, denn: „Es soll die Sonne ob deinem Streit nicht untergehen."

Leider ist solcher Streit, gerade im Bauernvolk, oft nicht von hier und heute, sondern von weit her: „Dein Großvaters Bruder hat uns schon den Spitzacker abbeschissen. – Dös sagst aber noch mal, dann werd' i dir was ganz anderes aufdecke. – Bei eurer Rass' ist ja das Bescheißen daheim. – Du, du, wer hat dös Testament sellmals gefälscht, he? – Aber etz langt's! Brennt hat's bei euch voriges Jahr auch bloß per Zufall, he?..."

Dodel hatte im Anfang seiner Richtertätigkeit, gleich allen jungen Assessoren, hier heldisch mitgebrüllt wie ein Tenor, im guten Glauben, das Schwert des Streites in den Ring eines Vergleichs umzuschmieden. Bis er erkannt hatte, daß auch ein juristischer Siegfried keine sieben Schwerter an einem Sitzungstag umzuschmieden vermag. Dann war er auf einen magischen Trick verfallen. Er hörte an, machte einen Vergleichsvorschlag und legte mit einer Weltuntergangs-Gebärde seine Taschenuhr auf den Richtertisch. Dann erst begann er zu schmettern: „In drei Minuten, wenn der gerichtliche Vergleichsvorschlag nicht angenommen ist, kommt das kontradiktorische Urteil!" Was in der Tat an die zwei bis drei Male wirksam war. Doch alsbald erklärten die Kampfhähne: gerade das kontradiktorische Urteil wollten sie haben.

Es war noch jene menschliche Zeit, da der Staat jedem Streit nicht nur seinen zuständigen Amtsrichter, sondern auch seine gehörige Zeit gönnte. Dodel ging nunmehr also an seine Vergleiche heran: Er ließ die Streiter wie Berserker gegeneinander angehen, wachte lediglich darüber, daß sie nicht handgemein wurden und wiegte nicht einmal bedächtig sein richterliches Haupt. Jeder Streit hat auch seine Dynamis. Schließlich ließ der eine, dann der andere Bärenhäuter nach, und nun hub Dodel an: „Also, etz habet Ihr Uich gütlich ausg'sproche, jetz wöllet mer endlich anfange mit Streite!" Hierauf machte er den gerichtlichen Vergleichsvorschlag.

„No, was isch", fragte er den einen, dann den anderen, „wöllet 'r Uich net vergleiche?"

Da kam es immer wieder zurück: „I will mei Recht ond wenn i mir en Affekate zualege muaß! – Ond i will au koin Vergleich, lieber en Selbstmord!"

Dies war nun allerdings ein Phänomen der Unerschütterheit, aber nicht dazu angetan, einen alten Oberamtsrichter zu erschüttern.

„No, guet, überleget's Uich no", sprach Dodel in aller Freundschaft, „sitzet no a Weile uff dia Ofabank na do hinte."

Während nun die beiden Streithammel im Gerichtssaal zurückschritten, sich dort Rücken gegen Rücken auf die Ofenbank quetschten und Dodel den nächsten Fall aufrief, begann der Wachtmeister Schrammeck – ob Sommer oder Winter – draußen auf dem Gang wie ein Feuerteufel den Kachelofen einzuschüren.

Im 21. Gesang der Danteschen Hölle gelingt es dieserart, bestechliche Beamte alsbald wie Krebse rot zu sieden.

Dodel fragte von seinem Richtertisch her zwischen den Fällen: „No, was isch, wöllet 'r Uich vergleiche?"

Die Prozesser aber keuchten: „Noi! – Ond i will au net!" und machten sich daran, einen Wettlauf durch den Gerichtssaal und nach dem kontradiktorischen Urteil anzutreten. Doch Dodel beschwichtigte in aller Langmut: „O, bleibet nur no a Weile hocke, 's pressiert net so, Ihr kommet scho no dra!"

Und während vorne der fünfte, siebente und neunte Fall geregelt wurden, begannen die schweißtriefenden Streithammel auf der schmalen Ofenbank äußerlich krebsrot, innerlich aber wie zähes Ochsenfleisch weich zu werden.

Als letzter Fall des Verhandlungstages traten zwei zermürbte Parteien vor die Schranke. Sie sprachen nur die wenigen Worte: „Hoher Herr Gerichtshof, mer wöllet!"

DAS GÖTZ-ZITAT

Nicht nur mit dem gefährlichen oder ungefährlichen Werkzeug, auch mit dem schnell hinrauschenden Wort ist der geistig vollwertige Mensch befähigt, dem anderen Wunden zu schlagen. Der andere pflegt sich hier mehr oder minder in seiner Ehre verletzt zu fühlen. Zu ihrer Heilung und seiner Genesung hat ihm der Staat die mitunter schmerzhafte Prozedur der Privatklage zur Verfügung gestellt. Diese war zu Dodels Zeiten in die niedere Gerichtsbarkeit des Amtsrichters verwiesen.

Seit Goethes „Götz von Berlichingen" wird eine unanständige, beiderseits unmögliche Einladung als das „Götz-Zitat" bezeichnet. Als „Schwäbischer Gruß" bildet sie einen unvordenklichen Kulturbesitz des Schwabenvolkes, welcher dem Enkel ebenso liegt wie dem Großvater. Dennoch wird auch hier der Schwäbische Gruß „L. m. i. A."! mitunter beleidigend empfunden. Dodel hatte sich während seiner 21 Blaubeurer Jahre ständig mit ihm, seinen Befürwortern und Gegnern auseinanderzusetzen.

Aus der Söflinger Heimat seiner Frau wußte er, daß, wenn der von dort gebürtige Ulmer Landgerichtsrat Lehner die Reise in die Heimat unternahm und seinem Schulfreund begegnete, dieser über die Straße rief: „Ja, Eugen, jetzt l. m. i. A., bischt au amol wieder do!" Womit das Freundesgespräch allemal aufs beste eröffnet war.

Aus Blaubeuren war ihm bekannt, daß, wenn der Gewerbeverein zwei Stunden lang über Punkt 1 der Tagesordnung debattiert hatte und nicht weiterkam, der Vorstand Siegloch allemal die beflügelten Worte sprach: „Also, l. m. i. A.! Um zu Punkt 2 der Tagesordnung zu gelangen ..." Womit die Fermate allemal aufs glücklichste aufgelöst war.
Vom Schultheißen in Hausen war ihm berichtet worden, daß dieser Bürgermeister den uferlosen Streit seiner Gemeinderäte unwiderstehlich zum Abschluß brachte mit dem Finale: „Drum l. m. i. A.! Mir ganget etz in de ‚Adler' num, Manne."
Dodel zog die Erkenntnis in jenem berühmten Urteil, darin er ausführte: Der sogenannte Schwäbische Gruß werde hierzulande keineswegs in erster Linie mit ehrverletzender Tendenz gebraucht. Er diene vielmehr vorzugsweise dazu, ein Gespräch zu eröffnen, ihm eine andere Wendung zu geben oder es abzuschließen.
Ungleich kürzeren Prozeß machte er aber, als sich der Suppinger Schultheiß eines Tages von seinem Knecht durch den Schwäbischen Gruß beleidigt glaubte. Dodel fragte den Schultheißen mit Grabesstimme: „Jo hent Se's noach au doa?"

DER FALL NACH DEM SÜNDENFALL

Daß der Dekalog die ruhende Mitte aller staatlichen Strafgesetzgebung ist, lernt schon der Student im ersten Semester. Der Fall in die Sünde hat den Vorzug, durch die Jahrhunderte hin sich in beruhigender Unwert-Beständigkeit ereignen zu können. Der strafrechtlich relevante Fall wechselt mit dem Geist der Zeiten; mitunter zum Freudwesen des Delinquenten, insbesondere im Zuge von Krieg und Revolution.

So ist der eheliche Seitensprung von den Strafrechten der verschiedenen Zeiten nach allen Richtungen hin beachtet, bedroht und ignoriert worden. Heute wird er auch einen alten Richter kaum einmal zur Anwendung des § 172 StGB gerufen haben. Was noch keinen grauen Richterkönig daran hindern konnte, dem Sünder gehörig die Leviten zu verlesen. Da lebte im letzten Drittel von Dodels Blaubeurer Oberamtsrichterzeit in Asch der Thaddäus Himmele als wohlgefügter Hausvater, Gemeinderat und Kirchenpfleger. Jedermann hätte diesen maßgerechten Bürger zu den Stützen der Gesellschaft gerechnet, wenn das Zusammensein in dem kleinen Dorf auf der Blaubeurer Alb einmal einer Stütze bedurft hätte. Thaddäus Himmele versah sein Kirchenpflegeramt, hatte Sitz und Stimme auf dem Rathaus und erlebte spürbar, daß und wie sehr er verheiratet war. Er war auch fünfmal Vater.

So konnte es sich Dodel nur als eine dem Druckfehler verwandte Fehlladung seiner Gerichtsschreiberei erklä-

ren, als er an einem seiner berühmten Kindles-Donnerstage den Kirchenpfleger Thaddäus Himmele aus Asch im Schicksalsknäuel seiner Alimentenmeister gewahrte. Der Thaddäus konnte weder zu einem Fall gehören noch in Erwartung eines Falles Gerichtssaalstudent sein. Der fehlladende Gerichtsschreiber würde eines siedigen Donnerwetters gewiß sein können.
Am Ende der Tagesordnung blieben in der Mischung der Gerichtssaaldüfte nur noch Dodel und der Kirchenpfleger übrig.
Ob dem Danes da droben auf der Blaubeurer Alb sein abgebissenes Ohrläppchen noch immer nicht nachgewachsen sei, begann Dodel die Brücke zum Thaddäus Himmele aus Asch hinunterzubauen. Der Kerl habe diesen abgebissenen Ohrlappen als eine Körperverletzung und sonach als einen Strafrechtsfall angesehen, baute Dodel weiter zu dem einsilbigen Thaddäus hinüber. „A Körperverletzung wege oim Auhreläpple!" raunzte Dodel fort. „Des macht doch nex. Des ist doch gleich, ob so e rauher Älbler oin Auhrlappe hat oder zwoi. Der hairt uf oim älleweil no gnuag."
Damit war die Brücke reiner Menschlichkeit geschlagen. Der Kirchenpfleger betrat sie, noch halb verlegen. Ob er dem Herrn Oberamtsrichter ein Geständnis ablegen dürfe? Das sei immer noch das Vernünftigste vor dem Richter, echote der nun schon ahnungsvolle Dodel.
Der Kirchenpfleger fiel ihm nur noch mit der halben Türe ins Haus: Um es gerade herauszusagen ...
Die Betty, die wo seine Magd gewesen war, sei so dran, und er, der Thaddäus, könne es – nach allem, was er heute bei dem Herrn Oberamtsrichter gehört und gelernt habe – nicht abstreiten.
„Ihr müaßet zahle! Ihr müaßet zahle!" rief Dodel.
„In Gottes Namen!" respondierte der Kirchenpfleger.
„Gemeinderat!" warf ihm Dodel vor, „ond fünfmol Vater! Ond Kirchapfleger obedrei! Wisset Se, do ka oiner au en Asch drobe bloß no uf de Arsch falle!"
„Der Herr hat mich fallen lassen!" klagte der Sünder.

„Noch send Se au no vom Himmel g'falle?" verwunderte sich baß der Oberamtsrichter.
„Wie hat der Herr mich so fallen lassen!" lamentierte der Kirchenpfleger fort.
„Meint'wegs!" rief Dodel, „wäret Se uf de Mist g'falle!"
„Der Herr hat mich fallen lassen! Herr Oberamtsrichter! – So hat der Herr mich fallen lassen!"
„Aber ganz g'wieß net uf des Mädle!" beschloß Dodel diesen Fall nach dem Sündenfall.

DER ZURÜCKGESCHOBENE EID

Wer etwa glaubte, daß auch diese merkwürdige Form des Eides gleich dem „Scharfen Eid“ eine Dodelsche Erfindung sei, der wäre auf dem Holzweg, oder – in der zünftigen Sprache geredet – befände sich in einem Rechtsirrtum. Denn zu Dodels Zeiten gab es in der Tat einen Eid, welchen die beweispflichtige Partei im Zivilprozeß ihrem Gegner „zuschieben“ konnte, natürlich nur über Tatsachen, die diesem Gegenspieler bekannt sein konnten. Nun kommen im Zivilprozeß immer wieder Tatsachen aufs Tapet, von denen nicht nur der Gegner, sondern auch der Beweisführer wissen kann. Zum Exempel: der Eintritt einer Sonnenfinsternis oder der nicht minder kritische Einschlag des Bauern in die ins vertragslose Nichts hinausgehaltene Viehhändlerhand. In einem solchen Fall konnte der Prozeßgegner, welchem der Eid angetragen wurde, ihn kurzerhand „zurückschieben“.

Was man bekommt, soll man auch behalten, lautete schon zu Dodels Zeiten ein Mahnspruch aus dem Bestand des Volksgutes. Die Schwierigkeit bestand nur darin, daß man das, was man behalten wollte, auch erhielt. Man nannte dieses Problem den Streit um die Beweislast.

Die Eideszuschiebung scheint auch als Streitmittel und Drohung nicht unpopulär gewesen zu sein. Was der noch heute fast alltägliche Kampf im Gerichtssaal beweist: „Wart, dich treib’ ich auf einen Eid!“ Worauf prompt zu folgen pflegt: „Das kannst machen!“ Was wiederum nur als Ausdruck eines völlig unbeschwerten Gewissens gelten soll.

Nicht so der Richter, welcher zu Dodels Zeiten den angenommenen oder zurückgeschobenen Eid durch ein sogenanntes bedingtes Endurteil aufzuerlegen hatte. Dieses erste Pfund auf das richterliche Gewissen lastete

einen vollen Berufungsmonat lang, bis ihm das zweite folgte, nämlich die Anberaumung des Termins zur Eidesleistung. Das Geschehen im Schwurtermin bedeutete dann das schwerste Gewicht auf der richterlichen Seelenwaage. Die Rechtslehre bezeichnete daher auch den abschließenden Richterspruch dieser ganzen Prozedur als „Läuterungsurteil“. Da waren vor Dodel der Viehhändler Laupheimer und der Pappelbauer vom Hochsträß in einem solchen Handschlagsprozeß erschienen. Und die Sache war kein „Dreimark-Fall“.

Alle Vergleichsgeschosse des Oberamtsrichters prallten am Fell des Bauern ab, und der vielgewandte Rossetäuscher hatte gerade damals seinen christlichen Eideshelfer nicht zur Stelle gehabt.
„Ond i haun ehm net eigschlage!“ schrie der Pappelbauer.
„Ond i treib’ die uff den Eid!“ rief der Laupheimer.
„No zua“, antwortete der Bauer.
„Sia wöllet also den Eid leiste: Ich schwöre bei Gott, dem Allmächtigen und Allwissenden, es ist nicht wahr, daß ich dem Laupheimer eingeschlagen habe?“ schrie Dodel.
„Der beschwört älles!“ rief der Laupheimer.
„Ond des mit guetem Gewisse.“ So der Pappelbauer.
„Ond Sia wöllet den Eid net zruckschiebe? – Des könnet Sia nämlich“, wandte Dodel ein.
„Vorher en Selbstmord“, verwahrte sich der Bauer. Da erging schweren Herzens das eidbedingte Urteil dahin: Schwört der Pappelbauer den Eid, so wird die Klage kostenpflichtig abgewiesen – schwört er ihn nicht, so wird er verurteilt, dem Laupheimer den Braunwallach mit Bläß Zug um Zug zu übergeben und die Kosten des Rechtsstreits zu tragen.
Mit dem neuen Mond war auch der Schwurtermin da.
„Wöllet Se älleweil no den Eid leiste?“ fragte Dodel.
„Jawohl“, meldete der Bauer. Er hatte in Weingarten bei den 124ern gedient.
„Könnet Se au . . .?“ bohrte Dodel weiter.
„Zu Befehl!“ bestätigte der Pappelbauer.
„Schrammeck“, rief Dodel, „machet Se dia zwoi Fenster uff!“
„Ond Sia könnet – oder besser wöllet – älleweil no den Eid schwöre?“ bohrte Dodel fort.
„Es stoht jo en dem Urtel dren, daß i . . .“
„Schrammeck“, schrie Dodel, „machet Se älle Fenster en dem Gerichtssaal uff, damit dia net au no hee send, wenn den etz der Teufel holt!“
Da sagte kleinlaut der Bauer: „I schiab ehn z’ruck.“

DAS PRÄJUDIZ

Das Präjudiz ist ein juristisches Meisterstück der obersten Gerichtsinstanzen, also vom Oberlandesgericht an aufwärts. Es ist noch kaum vernommen worden, daß der Amtsrichter ein Präjudiz geschaffen hätte. Jedenfalls keines derart, daß es ausstellungswert erschienen wäre. Er teilt hier das Schicksal der ländlichen Handwerksmeister; auch ihnen gelingt mitunter ein gutes Stück, ohne daß davon auf der Messe oder in der Fachpresse Erwähnung getan wird. Die Präjudizien werden ausgestellt in juristischen Wochenschriften und bei besonderer Güte in Buchsammlungen. Die Entscheidungen des alten Reichsgerichts standen hier hoch im Kurs. Der Staat stellte an zweihundert Bände davon in jedes Gericht, bis herunter zum kleinsten Amtsgericht.

Die Richter der Landgerichte unterscheiden sich vom Amtsrichter auch dadurch, daß sie diese Entscheidungssammlungen lesen. Mancher von ihnen ging so weit, nicht nur zu schauen, „wie vor uns ein weiser Mann gedacht", sondern ihn bis in den Stil seiner Erkenntnisse hinein nachzuachten. Da stand eines Tages im neuesten Heft der Reichsgerichtsentscheidungen: Der Kläger habe „seine Klage zu Niederschlag des Gerichtsschreibers beim Amtsgericht eingereicht". Nicht lange, da schrieb ein Landgerichtsrat in seinem Urteilstatbestand, daß auch sein Kläger die Klage zu Niederschlag des Gerichtsschreibers angebracht habe.

Klosterkirche
zu
Blaubeuren

Dies ist nun in einem Kollegialgericht im Lande Hölderlins keine ganz leichte Sache. Der Vorsitzende und der Beisitzer stießen sich am „Niederschlag". Doch der Berichterstatter verteidigte ihn wie ein Held und machte ihn geradezu uneinnehmbar, indem er das besagte Heft der Reichsgerichtsentscheidungen auf den grünen Tisch legte. Das Urteil wurde schweigend unterschrieben und nach vierzehn Tagen in seinem Tatbestand berichtigt, als die nächste Lieferung der Reichsgerichtsentscheidungen herausgekommen und darin zu lesen war, daß der „Niederschlag des Gerichtsschreibers" völlig ungefährlich und ein Druckfehler war, nachdem es sich nur um eine harmlose Niederschrift dieses Beamten gehandelt habe.

Anders Dodel. An einem frischen Morgen stritten sich zwei Rechtsanwälte wütend vor seinem Richterstuhl. Jeder von ihnen war beim Oberlandesgericht zugelassen, aber eine Laune des Schicksals hatte sie zusammen und auf das Amtsgericht Blaubeuren gebracht.

Die Anwälte zerfleischten sich wegen der Beweislast. Keiner wollte sie haben, die Beweislast, und jeder erklärte, daß er in diesem Prozeß nichts tun werde, als bestreiten und abwarten, bis der Herr Kollege gefälligst

den ihm und nur ihm obliegenden Beweis angetreten und geführt habe. Welches Verhalten nach der anerkannten Rechtssprechung außer allem Zweifel stehe...
Dodel bedauerte einen Augenblick, daß gegen Rechtsanwälte mit Ofenhitze nichts auszurichten war. Da bot auch schon der andere Herr Kollege die stärkste seiner Künste auf, indem er also sprach: „Auch ich lasse mich nicht für dumm verkaufen, hohes Gericht. Ich sage nur RGZ 167, 275!"
Worauf Dodel in aller Ruhe meinte: „Wisset Se, Sia sind aber a billiger Ma. Etz brenget Se mir do an oinzechte Reichsgerichtsenscheidong doher! Wo mer der Buchbender vo Blaubeure an gonze Band um zwoi Mark fuffzig verkauft."
Worauf sich die beiden Streithähne rasch über die Frage der Beweislast einig geworden sein sollen.

DIE MILDERNDEN UMSTÄNDE

Der Alwin, der Erwin und der Oswin auf der Hohen Alb hatten sich zu einem Musik-Trio zusammengetan. Sie waren alle drei verheiratet und standen jenseits der Grenze, da es sich der Schwabe noch gestatten kann, Dummheiten zu machen. Da solche erfahrungsgemäß nicht selten im Wirtshaus Ereignis zu werden pflegen, allzuviel Häuslichkeit aber wiederum dem Mann nicht allezeit gut zu bekommen scheint, so war das allwöchentliche Trio-Spiel reihherum in der guten Stube eine gar kluge und heilsame Sache. Der abgeklärte Alwin pflegte diese Lebensgestaltung der drei Männer zu Merklingen auf der Hohen Alb bedeutungsvoll in die Frage zusammenzuziehen, ob wohl der Weise in einen Krater Öl gießen würde? Was natürlich nicht hinderte, daß sich immer wieder der Oswin, der Erwin oder der Alwin zum „Schneider Kakadu“ an die Pulte setzten, nachdem kurz zuvor die eine oder andere ihrer Frauen an dieser weihevollen Stätte gleich einem seelischen Reibeisen gewaltet hatte. „Denn böse Menschen haben keine Lieder“, so pflegte hier der Erwin, welcher „ein Schlaule“ war, mitunter den Alwin in der Formulierung einer vom Augenblick gebotenen Lebensmaxime abzulösen. Nur der Oswin verhielt sich stumm und aufgeräumt, schien unberührt von Wahn und Leidenschaft seine Viola d'amore zu streichen, dieweil sich die Klarinette des Erwin und des Alwins Es-Trompete, wie gesagt, immer wieder erst von des Busens Granit-Ber-

gen in den magischen Kreis des Merklinger Trios zurückzuspielen hatten.
Eine nicht ungefährliche Sache, die Richard Wagner in den Meistersingern bekanntlich „an des Wahnes Faden" hängt. Diese Notleine der Leidenschaft wurde wie in jeder Oper eines Abends im Merklinger Trio von einem Kobold gezogen, gerade als jeder der drei Spieler daran war, sich nach seiner Lust und Notwendigkeit an das neue Stück und die Partner heranzuspielen.
Dieser wahrhaft fatale Zug an der Zündung des Merklinger Trios hatte nicht nur die zerbeulte Es-Trompete, die entzweigebrochene Klarinette und die zertrümmerte Viola d'amore, sondern auch die völlige Zerschlagung des Trios zur Folge. Bei jedem Spieler aber obendrein noch „eine bis auf den Schädelknochen reichende klaffende Wunde, beigebracht mit einem harten, stumpfen Gegenstand" und in der Folge eine Anklage wegen „Körperverletzung, begangen mittels eines gefährlichen Werkzeuges".
Er möge bei dieser Sache weniger in den Kommentar als ins Leben schauen, sagte Dodel zu seinem Paragraphen-Lehrling, als er sich mit ihm und den Schöffen vor der Hauptverhandlung im Beratungszimmer versammelte.
Zuvor hatte sich allerdings im Amtsgericht Blaubeuren eine kleine Sache ereignet, die nur der Erwin, „das Schlaule" mit der Nase am Wind, bemerkt hatte, just als er unten an der Treppe vorüberschritt, die teppichbelegt zu Dodels Dienstwohnung emporführte. Eine Türe hatte geknallt und ein Sopran war ins gestrichene Cis aufgestiegen. Erwin glaubte dazu noch den Walkürenruf „Bauernrichter" gehört zu haben. Er ließ dieses Motiv in sein Musikantenohr eingehen und trug es grübelnd in den Sitzungssaal hinüber, wo er sich auf die Anklagebank niedersetzte, gleichweit von den feindlichen Alwin und Oswin entfernt.
Dodel machte sich daran, die Merklinger Prügelszene zu entwirren, sozusagen in ihre Einzelmotive aufzu-

lösen, bis klarstand, wer wen, wer wen zuerst und wer wen über das erforderliche Maß mit dem Tongerät traktiert hatte. Es stellte sich heraus, daß man eine Partie aus Haydns „Krummen Teufel“ hatte einüben wollen, daß während der Einstimmung der gerade von einer häuslichen Szene gekommene Erwin den tonangebenden Alwin einen „krummen Teufel“ geheißen hatte, weil diesem der Ansatz seiner Trompete nicht gelingen wollte. Worauf der gehemmte Alwin ihm sogleich die Es-Trompete auf den Kopf, Erwin stante pede die Klarinette auf den Kopf des Alwin, der aufgeräumte Oswin aber wie ein Heiducke mit der Viola d'amore abwechselnd auf den Kopf Alwins und des Erwin eingeschlagen hatte. Der Paragraphenlehrling las im Kommentar nach, ob und inwiefern eine Es-Trompete, eine Klarinette und eine Viola d'amore „gefährliche Werkzeuge“ im Sinne der Anklage sein könnten, so daß ihm völlig entging, wie im Gerichtssaal der schlaue Erwin den schlagenden Tatbestand in einem fort mit Häuslichkeit, seelischem Reibeisen und gestrichenen Sopran-Cis in Verbindung brachte. Zunächst nur im Sinne eines andeutungsvollen Grübelmotivs, das sich aber immer klarer zum Leitmotiv erhellte und schließlich in die eindeutige Fermate einging: er, der Erwin, sei verheiratet.

Da hatte es der Alwin auch schon heraus. Mühelos spielte er sich an seinen alten Partner heran und seine Fermate bekannte, daß *er* bereits zum zweitenmal verheiratet sei.

Doch der Oswin hatte nicht umsonst im Trio musiziert und kaum weniger spät herausbekommen, was hier im Gerichtssaal nebenher zum „Krummen Teufel“ gespielt wurde. So hielt er das Bekenntnis ins ausruhende Warten hinein, daß er, der Oswin, bereits zum drittenmal verheiratet sei.

Nach solcher Durchführung des Wahnmotivs baten die Angeklagten um „mildernde Umstände“, worauf der Paragraphenlehrling sogleich seine runden Brillengläser ins Buch steckte, wo geschrieben stand: Mildernde Umstände wären „alle Umstände, die für die Wertung der Tat und des Täters in Betracht kommen, gleichviel ob sie der Tat selbst innewohnen, sie begleiten oder ihr vorausgehen oder nachfolgen“. Die Urteilsfindung erfolgte nach der Prozeßordnung unter Ausschluß der Öffentlichkeit. Es wurde gegen Erwin und Alwin ein Urteil, in der Strafsache gegen Oswin aber für heute nur ein Beschluß verkündet. Dodel eröffnete, daß Erwin mildernde Umstände zugebilligt erhalten habe, da er verheiratet sei. Dem Alwin habe das Gericht solche versagen müssen, da er sich durch zweimalige Verheiratung als unbelehrbar erwiesen habe. Was den Oswin mit seiner dreimaligen Verheiratung betreffe, so vermöge das Gericht einen Fall von Unzurechnungsfähigkeit nicht von der Hand zu weisen und habe beschlossen, ihn zunächst dem Oberamtsarzt vorzustellen.

DER RICHTER IN EIGENER SACHE

Es war in einem richtigen Albwinter. Eisbärte hingen von den Rinnen der Blautopfstraße. Jeder, der darunter vorbeiging, rauchte wie ein Schornstein seinen Lebensatem in die Luft.

Der Tag war kostbar reif geworden, mit glühenden Wolkenrosen in den paar Tagwerk Abendhimmel, der rings im Kreis auf der hohen Galerie des Felstheaters ruhte. Da und dort im Städtchen sah man Herren, die das gebleichte Haar zierte, in Richtung Blautopf streben, und dem einen und anderen von ihnen folgte vom hohen Fenster herab die wohltemperierte Frage: „Hast du auch den Hausschlüssel mit? Ich bleibe nicht auf!“

Die Dämmerschoppen-Abendstunde empfing Kämpfer wie Dulder gleichermaßen tröstend und führte sie in der alten Blautopfwirtschaft zusammen, wo eine blakende Petroleumlampe milde Kreise auf den Stammtisch warf. Unter dem breiten Blechdach dieses trauten Gestirns saßen sie wieder in der gesicherten Ruhe des Nebenzimmers zusammen: die Forstknauben und die Bau-Tiger, der Präzeptor und der Oberamtmann, ein paar auserwählte Handwerksmeister und Nachbarn. Sie hießen sich die „Rhapsoden“ und bildeten als solche eine stille Versicherungsgesellschaft auf Gegenseitigkeit wider alle Anwandlungen der schwäbischen Dichteritis. Gewöhnlich saßen sie friedlich beieinander, schwiegen weise oder redeten gescheit, dieweil der Dampf ihrer Zigarren und Pfeifen um den Dochtzylin-

der kräuselte und wie Abendrauch zum Kamin im Lampendach hinauszog. Merkwürdigerweise saß heute auch Dodel in dieser Tafelrunde. Nicht als Rhapsode. Bewahre! Er rauchte und schwieg mit den Gescheiten, nachdem er seinen neuen Assessor Bäuchele, den Spätberufenen, in den erlauchten Kreis eingeführt hatte. Da ging es nun, wie es ging. Doch wie der bemooste Jünger der Justiz sein drittes Viertel Strümpfelbacher unter sich gebracht hatte, regte sich darüber seine humanistische Seele, und es entfuhren ihm die unsterblichen Worte: „Dulce ridentem Lalagen amabo, / Dulce loquentem!“ Solch Dichterwort im Ring schwäbischer Rhapsoden war noch niemals gleich Rauch und Schall verklungen. Sogleich respondierte der Präzeptor: „Doch die Wirtin sagte nein, / sie verstand ja kein Latein.“ Und nun waren alle Schleusentore verhaltener Männerherzen offen.
Der Rentamtmann schluchzte wie ein Tenor: „O Elsa! Nur ein Jahr an deiner Seite.“ Worauf der Forstknaube einfiel: „Noch lebt die alte Treue. Noch schreit die treue Alte.“ Gerade sang der Sattlermeister Rotter den neuen Stollen an: „Dann werd' ich Meister in dieser Stadt, / Frau Meisterin wird meine Lore.“ Da konnte Dodel nicht länger mehr an sich halten. Soviel Weiber! Kopfüber stürzte er sich in den Sängerkrieg. „Ond mir werdet 'r etz“, riß er den Abgesang an sich, „älle am A... lecka!“ Auch dies war ein Zug an der Notbremse und „an des Wahnes Faden“, wohl geeignet, eine solenne Prügelszene auszulösen.
Wie die Frösche beim Steinwurf alsogleich im Schoß des Teiches verschwinden, bald aber wieder im krausen Spiegel auftauchen, so verstummten und gingen hoch die Rhapsoden im aufgewühlten Stammtischweiher. „Qualifizierte Beleidigung!“ – „Mißachtung unserer heiligsten Gefühle!“ – „Kränkung jeder Mannesehre!“ – Vergebens, daß Dodel seine These von der strafrechtlich irrelevanten Gesprächs-Regelungs-Funktion des Götz-Zitats entwickelte.

In der Strafrechtstheorie sei alles bestritten, soviel er noch wisse, beruhigte schließlich der Oberamtmann und schlug vor, daß der Oberamtsrichter Dodel auf jeden Fall und unverzüglich eine Buße von zwei Goldstükken zugunsten einer gemeinnützigen Einrichtung bezahlen solle. Diese gemeinnützige Einrichtung aber wäre die Tafelrunde der Blaubeurer Rhapsoden mit Einschluß des Delinquenten.

In dieser Nacht brannte in der Blautopf-Wirtschaft das „Ewige Licht". Die Blaubeurer Rhapsoden aber verbreiteten schon im anhebenden Morgen eine Legende, die sich in der Folge zur richtigen Dodel-Anekdote auswuchs. Dodel habe sich nach getaner Straftat mit den Zeugen auf sein Amtsgericht begeben und zu mitternächtiger Stunde dort auf die Anklagebank gesetzt, um Anklage samt Zeugenaussagen über sich ergehen zu lassen. Darauf habe er sich an das Rechtsanwaltspult begeben und ein Plädoyer gehalten; schließlich sei er auf den Richterstuhl hinaufgestiegen. Von dort habe er den Angeklagten Dodel zu einer Geldstrafe verurteilt, die sogleich im „Blautopf" vertrunken werden müsse. Was man mit Mühe und Not bis zum Tagesanbruch geschafft habe ...

DER REFERENDAR

Es war ein guter Jahrgang. Der Mutter Justitia wuchsen Söhne heran wie dem Ölbaum Sprossen und der Rebe Schößlinge. Das Füllhorn einer gesegneten Promotion schüttete das Stuttgarter Justizministerium über die Amtsgerichte des Landes aus. Sogar nach Blaubeuren und zu Dodel wurde ein Gerichtsreferendar entsendet. „Meinetweg", raunzte Dodel, „wenn es halt sei muaß." Dann verriet er dem Jünger der Justiz, daß es im „Adler" Stockheimer Neuen mit Zwiebelkuchen gebe, welche Kombination jedes Urteil nach Sattelmaier und Daubenspeck in ihrem Genußwert durchaus übersteige. So saß der Referendar aus dem guten Jahrgang gar manches liebe Mal im „Adler" bei dem ebenso guten Jahrgang von Stockheim und beim goldblonden Zwiebelkuchen.
Der maßvoll abgedämpfte juristische Intellekt pflegt mitunter in die Gefilde der Poesie und Spekulation abzuschweifen, was gar köstliche Früchte des Geistes reifen macht. Der Referendar sprach, wie ungezählte Referendare und Assessoren vor ihm, beim dritten Viertele gleich einem Rhapsoden: „Freue dich, meine Seele, denn dieser Neue verreißt noch heuer ein halbes Dutzend Landgerichtsräte." Er dachte an neuen Wein in alten Schläuchen.
Dann begab er sich auf das Amtsgericht, wo Dodel und zwei Schöffen aus Ringingen und Pappelau bereits zu Gericht saßen. „Das Schöffengericht zieht sich zur

Beratung zurück und wird im Anschluß das Urteil verkünden", erklärte Dodel. Der Referendar ging außen herum mit in das Beratungszimmer.
Da saß er nun, dieweil der Oberamtsrichter und seine Laienbeisitzer über Sein oder Nichtsein der vollen richterlichen Überzeugung miteinander rechteten. Der Referendar jedoch gab, als ein non liquet an den Strand der Erkenntnis gespült war, einen jener Naturlaute von sich, die nach neuem Wein und Zwiebelkuchen zu allen Zeiten im Bereich menschlicher Verhaltensweise lagen. Dante hat am Ende des 21. Höllengesanges das Phänomen zu dichterischer Vollendung erhoben: „del cul fatto trombetta." Was Goethe in „Reineke Fuchs" mit der Umschreibung gelang: „Er nieste gewaltig von vornen und hinten."
Dodel aber fuhr unerschüttert in seiner Urteilsformulierung fort bis zum Satzpunkt. Hier interpolierte er: „Nach dem Gerichtsverfassungsgesetz hat der Referendar bei der Urteilsberatung Sitz, aber nicht Stimme", um sogleich abzuschließen: „Die Kosten des Verfahrens fallen der Staatskasse zur Last." Was der Referendar, der auch etwas von der „Würde des Gerichts" studiert hatte, nicht aber die Laienrichter kapierten.

DIE RECHTSKRAFT

Bekanntlich folgen gerade die bösen Werke dem Erdenpilger nach. Dieweil es den guten Tagen eigen zu sein scheint, sich alsbald in die vierte Dimension zu verflüchtigen, wo die Rechte nicht weiß, was die Linke tut, stoßen sich hart und unausweichlich im Raume die Verbrechen, Vergehen und Übertretungen. Ihnen ist es insbesondere eigen, dem Täter nicht nur zum Bewußtsein zu bringen, daß er in einem Staat lebt und Rechtsgenosse ist: die Meintat verschafft ihm dazu in einer aufsteigenden Karriere den Titel des Beschuldigten, Angeschuldigten und Angeklagten. Dabei verhält es sich keineswegs so, wie mit dem nudum proprium und leeren Gruß eines staatlichen Dr. h. c. oder Kommerzienrats.
Der Staat als Polizei betreut – mitunter lange Monde hindurch – den „Beschuldigten", indem er ihn zu Protokoll verhört, über Nacht in ein festes Haus aufnimmt, dem Untersuchungsrichter vorführt, von neuem interviewt und inquiriert. Der Staat als Staatsanwalt läßt ihn zum „Angeschuldigten" avancieren durch seine Anklage, welche mitunter an eine mäßige Novelle herankommt. Der Staat als Gericht schließlich prüft und entscheidet, ob der Angeschuldigte „hinreichend verdächtig erscheint", um in den Rang eines „Angeklagten" erhoben zu werden und damit in die Obhut des Richters überzutreten, welcher in den meisten Fällen der Amtsrichter ist.

Nur die kurze Wegespanne von der Eröffnung des Hauptverfahrens bis zur Urteilsverkündigung ist der Rechtsgenosse in Raum und Zeit sozusagen der Weggenosse des Richters. Nach diesem Höhenweg geht es auf jeden Fall mit ihm abwärts, sei es in die Mittelmäßigkeit des freigesprochenen Zeitgenossen oder als Verurteilter in die Pein, da alle Schuld sich rächt auf Erden.

Dieser Art war eines Tages Adam Kraft vom Zigeunerhochsträß durch den Oberamtsrichter Dodel zum Angeklagten ernannt worden. Außerdem war er Unter-

suchungsgefangener und, weil sich der Adam im Gerichtsgefängnis Blaubeuren sogleich und lebhaft an seine Ulmer Kaserne erinnerte, ein Mustergefangener. Darum konnte es auch nicht ausbleiben, daß der Gefängniswachtmeister Schrammeck den Adam zum „Kalfaktor“ ausersah. Als solcher hatte er in der Morgenfrühe die Kanzleiöfen im Amtsgericht Blaubeuren zu rütteln und zu heizen, dieweil der Aufsichtsbeamte Schrammeck hinter seinem Vorarbeiter stand und dar-

über meditierte, ob wohl überall in der Welt der Mann in Kaserne und Gefängnis ein Musterknabe sei.
Das wiederholte sich heute zum dreidutzendsten Mal. Es war der Tag, da es darum gehen sollte, ob der Adam zum schlichten Zivilisten mit Freispruch auf- oder zum Verurteilten mit oder ohne Anrechnung der Untersuchungshaft absteigen würde. Der Kalfaktor und Angeklagte Adam Kraft rüttelte am Ofen der Oberamtsrichter-Kanzlei so hingebend, daß über ihm im Oberamtsrichter-Schlafzimmer der nach Schicksal und Gesetz für ihn und seine Tat zuständige Dodel aus dem Schlaf erwachte.
Dodel hatte wieder einmal gar schwäbisch-kritisch geträumt. „Also“, resümierte er vor sich selbst als Widerpart, „alle Isten sind Deppisten, als da sind Automobilisten, Fetischisten und der gemütsfromme Assessor Dr. Wonnesam.“
Als er sich die Rohrstiefel anzog, rüttelte der Adam immer noch am fiskalischen Ofen. „Der sagt, daß er ein Idealist ist“, spann Dodel den Faden weiter. „Ein Beweis für meinen Lehrsatz“, stellte er so nebenbei fest. Denn schon hatte er wieder den Vollbesitz seiner richterlichen Existenz und mit ihr die anstehende Hauptverhandlung erreicht. „Adam Kraft, vom Zigeunerhochsträß – Betrug im Rückfall.“ Ob die gesetzliche Minimaldosis von drei Monaten Gefängnis hier ausreichen würde? Zunächst würde er, Wilhelm Dodel, sich einmal mit der Frau Oberamtsrichter über den Bremer Beamtenkaffee unterhalten ... Dann war er in sein Amtsgericht hinabgestiegen, wie schon zwanzigmal dreihundert und x Tage hindurch.
Der Adam gestand, daß er nur eine Zeche, bestehend aus drei Bieren, zwei Schüblingen und fünf Wecken, „herausgelassen“ habe, zu Blaubeuren im „Waldhorn“, nächst dem Amtsgericht.
Der Assessor Dr. Wonnesam als Amtsanwalt beantragte die gesetzliche Mindeststrafe, obwohl es sich bei dem „rechtswidrigen Vermögensvorteil“ unter anderem um

drei sündige Biere gehandelt habe, andererseits aber der erste Rückfall vorliege und die ganze Zeche nur knapp über eine Mark gemacht habe.
Der Adam hatte das letzte Wort und meinte, was da noch zu sagen wäre.
Dodel erkannte auf die gesetzlich verordneten drei Monate Gefängnis unter Anrechnung der erlittenen Untersuchungshaft. Er verzichtete auf Rechtsmittel, erklärte der Amtsanwalt.
„Ond Sia?" fragte Dodel.
„I schüttle meine Öfe, und dia Strof, dia sitz i uff oim Arschbacke ab!" sagte der Adam.
„Weil der Kopf an Depp ist, hot es in dem Fall der oine Arschbacke zu entgelte", meditierte Dodel. Dann fuhr er zum Gerichtsschreiber gewandt fort: „Der Angeklagte hat die Strafe angenommen. Das Urteil ist rechtskräftig."
Dem Adam aber, der noch weitere zwei Monate Hausgenosse sein und seinen Richter aus dem Schlaf rütteln würde, galt diese Urteilsbegründung: Die Rechtskraft verbiete es leider, dem Verurteilten sogleich einen doppelseitigen Strafvollzug zu verschaffen. „Wenn der Adam aber wiederkommt, wird dafür gesorgt werden, daß auch der andere Arschbacken seinen Teil zu tun kriegt."

DER UNTAUGLICHE VERSUCH

Einer von Nellingen und einer von Merklingen waren über einem Schwein miteinander in den Streit und anschließend in den Prozeß geraten. Sie kamen von weit her nach Blaubeuren und gedachten deshalb, den Prozeß um so weitläufiger und zäher miteinander auszufechten.

„So“, sagte Dodel, „Ihr send von Nellinge und von Merklinge. Uich kenn i net. No, was isch, wöllet'r Uich net vergleiche?“ Und er machte seinen gerichtlichen Vorschlag zum gegenseitigen Nachgeben in Güte.

„Noi!“ riefen beide wie aus einem Rohr.

„Guet, guet“, glättete Dodel die hochgehende Flut, denn er wußte schon lange: Alles Menschliche auf Erden löset reine Menschlichkeit. Auch zwei verstörte Geister, welche „auf der Sau hinaus“ wollen, wenn immer sie sich nur noch im Bezirk von Fleisch und Bein verhalten.
„Überleget's Uich no“, sänftigte Dodel weiter, „sitzet no a Weile uff dia Ofabank do hinte.“
Das ging nun wie es ging. Die Streiter setzten sich gehorsam auf die Röstbank, und der Wachtmeister Schrammeck schürte draußen ein, daß es spuckte. Mählich stieg aus Röcken, Hosenböden und Bauernkluften jene immer dicker werdende Mischung der Gerichtssaalluft, welche sich am besten mit dem Brodem eines werdenden Komposthaufens vergleichen läßt.
„No, was isch, wöllet'r Uich vergleiche?“ fragte Dodel in den Hintergrund zurück. Doch von hier kam ihm weder das keuchende Nein noch der anhebende Wettlauf nach dem kontradiktorischen Urteil entgegen. Sachlich und ohne Tremolo erklang das Duo „Noi, noi!“ und ebenso unerschüttert replizierte Dodel „Lasset Uich Zeit, dia Sach will ausbrüatet sei; überleget's

Uich weiter.“ Dabei schien es ihm trotz seiner Kurzsichtigkeit, als ob die beiden Streiter bisher von seiner Sauna ganz und gar unberührt geblieben waren.
„’S ischt au reacht ogemütlich kalt zum Denka“, sprach er in die Kulisse, „Schrammeck, gucket Se doch noch dem Ofa.“ Während diesen der Gerichtswachtmeister auf die Glut jener Häretikersärge im 9. Höllengesang bei Dante brachte, ging auch dieser Sitzungstag zu Ende.
„Wöllet’r . . .?“ fragte Dodel.
Doch kaum hatte er die übliche Katharsis begonnen, da erklärten ihm seine beiden Gegenspieler in ungeläuterter Seelenruhe: „Wisset Se, Herr Oberamtsrichter, bei ons schlecht des net a. Ons könnet Se net bacha, mir send selber Becka!“

DER SÜHNEVERSUCH IN DER EHESACHE

Zu Dodels Zeiten war im BGB, nicht anders als heute, der „nicht mehr ungewöhnliche Weg“ privater Ehe-Mäklerei von keinem Arm des Staates geschützt. Ein Honoraranspruch wurde dafür nicht anerkannt. Hatte der erfolgreiche Klient aber „Schuß“ geleistet, so stand – und steht heute noch – auch ihm der staatliche Schwertarm nicht zur Seite, um seinem Mäkler den Rebbach aus dem Grunde wieder zu entreißen, weil der Schildarm des Staates keine Ehe-Mäklerei beschützt.

Nichtsdestoweniger war zu Dodels Zeiten in der Zivilprozeßordnung eine gebührenpflichtige, von beiden Armen des Staates geschützte Art richterlicher Ehe-Mäklerei als besonderes Spitzgras vorgesehen. Dabei hatte es der Gesetzgeber nicht einmal übel gemeint, als er der höheren Intelligenz des Landgerichts befahl, ihren Ehescheidungsprozeß so lange zu stoppen, bis den „Vorschriften über den Sühneversuch genügt“ war. Dem Sühneversuch vor dem Oberamtsrichter, welcher als judex loci Land und Leuten aufs Maul und in das Herz zu sehen vermochte.

Diese Fermate zügelte nicht nur den Eifer der Ulmer zweiten Zivilkammer, als das Gerücht von der Eheirrung des Präzeptors im Ruhestand Freudenreich, wohnhaft zu Weiler bei Blaubeuren, sich zum Scheidungsbegehren seiner in Ulm exilierenden Ehefrau Henriette ausgewachsen hatte. Der Ulmer Rechtsan-

walt Benno Gumpp schickte den letzten Durchschlag seines Klageschriftsatzes an Dodel mit dem Antrag, ehestens den Sühnetermin anzuberaumen, wie das Gesetz es befahl.
Der Tatbestand stand im Halbdunkel: Der getrennt lebende Ehemann habe an einem wonnigen Frühsommertag mit einer Dame, welche nicht seine Frau war, in der „Krone“ zu Herrlingen übernachtet. Im selben Zimmer. Nicht gerade in zwei Betten, die ehelich sich gesellten. Es werde sogar zugegeben, daß das eine dieser Betten nach Nordosten, das andere gen Südwesten in dem saalartigen Hotelzimmer aufgestellt war. Siegfrieds Schwert sei aber auch nicht dazwischen gelegen. Und wie Männer nun einmal seien ... Nichtsdestoweniger werde die Scheidung nicht einmal in erster Linie wegen Ehebruchs des Beklagten mit der Dame X begehrt, denn Fleischessünden seien bereits nach der Morallehre des Thomas von Aquin nicht die schwersten Irrungen und Wirrungen. Was die Klägerin bestimmt habe, sich von der Ehe mit dem Herrn Präzeptor loszusagen, sei die Tatsache, daß dieser Herr feige sich nicht zu seiner Tat bekennen wolle, die Klägerin für dumm zu verkaufen gedenke und anlüge, jener sogenannten Dame nicht in das Garn gegangen zu sein.
Dodel empfand das Bedürfnis, sich noch eine halbe Stunde auf dem Tugendpfad zu ergehen, ehe er den ihrer Prozeßbevollmächtigten entkleideten Eheleuten und Scheidungspartnern gegenübertrat.
„Wie geht's, Herr Oberamtsrichter?“ rief ihm der Blaubeurer Rechtsanwalt Kohler um eine Haarnadelkurve herum entgegen. Dodel unterließ die Gegenfrage. Er wußte zur Genüge, daß der junge Kollege im Blaubeurer Talkessel nur zu klagen hatte, daß er nichts zu klagen habe. Darum beantwortete er wahrheitsgetreu die Frage also: „Hm! Heut ist mer's net ganz recht! I mei, i häb' en meterlange Fuurz em Leib!“ Solche Diagnosen des seelischen Habitus vermögen einen Oberamtsrichter mitunter etwas zu erleichtern. Auch

Dodel setzte sich leidlich aufgeräumt in seinen Richterstuhl und lud die in ihrem zivilprozessualen Naturzustand erschienenen Parteien ein, an den beiden verwaisten Rechtsanwaltspulten Platz zu nehmen.
Er wolle gleich dem Beklagten das Wort erteilen, sagte er, denn was die Klägerin zu klagen habe, sei bereits Gegenstand allseitiger Lektüre gewesen. Doch möge der Herr Präzeptor diesmal bei seinem Vortrag auch der allgemeinen Lebenserfahrung die schuldige Beachtung schenken.
Er räume ein, erklärte der Beklagte: die Frühsommernacht und die Dame – sogar eine junge und hübsche Dame! Auch das Hotelzimmer, sprich Saal. Entscheidend aber seien die beiden Betten in ihrer geographischen Lage ... Und darum: in dubio pro reo.
Die Klägerin, welche trotz ihrer Ehe mit einem Altphilologen kein Latein verstand, dachte beklommen an ihren ausgeschlossenen Rechtsanwalt.
Da begann Dodel: „Paulus cum Paula – nudus cum nuda – solus cum sola in eodem lecto jacens –: Pater noster non dicit!"
Der armen Frau wirbelte es von „Weltfremdheit der Justiz" und „Doktor beider Rechte" durch die Sinne. Da hörte sie den Ehgemahl und Präzeptor reden. Er sprach: ob dieser praesumptio juris erscheine Bestreiten unklug und töricht. Er beuge sich der kanonischen Rechtsvermutung für copula carnalis und bitte seine Frau um Verzeihung ...
Dodel setzte der noch immer erfreulich anzusehenden Frau Präzeptor das Gelungensein des Sühneversuchs im geliebten Deutsch auseinander und erklärte, daß es sich bei „dem lateinischen Zeugs" nur um die beiden geschlechtsverschiedenen Leute aller Zeiten und Zonen gehandelt habe, welche „auch kein Vaterunser miteinander gebetet haben".
Was die Frau Präzeptor ohne weiteres verstand und vergab. Aber auch bei Dodel lichtete sich zusehends der Horizont: Jenes meterlange Residuum, das er im Leib

trug, war also diese Stelle aus den Dekretalen Gregors IX. gewesen.

„Der Casus macht mich lachen!" sagte er heimlich zu seiner abflauenden Seele, dankbar dem fernen Tag, da er bei Hinschius die Kollegstunde des Kirchenrechts nicht geschwänzt hatte.

DER NACHFOLGER IM AMT

Eines Morgens Anno 1911 las der Amtsrichter Seifriz in Ehingen im Staatsanzeiger. Da hieß es: S. M. der König hätten anläßlich des allerhöchsten Geburtstages u. a. folgende Auszeichnungen zu verleihen geruht: Das Ritterkreuz I. Klasse des Friedrichsordens an Oberamtsrichter Dodel, Blaubeuren. Der Ehinger Amtsrichter, welcher auf Oberamtsrichterstellen im Land begierig war, merkte sich vor: „Blaubeuren". Dort trat zur selben Stunde Stationskommandant Wenzelburger bei Dodel in die Kanzlei, um vorschriftsmäßig seine Aufwartung und Gratulation anzubringen. Worauf Dodel

respondierte: „S isch wohr, i haun so e Blechle kriagt, aber i woiß net, was i drmit anfanga soll. Dös isch ebbes für schöne Weiber.“

Früher als der hellhörige Amtsrichter errechnet hatte, war der Blaubeurer Oberamtsrichtersitz frei geworden. Im Sommer 1913 wurde in allen Kanzleien des Landes gelesen, daß S. M. der König den Oberamtsrichter Dodel, Blaubeuren, ansuchensgemäß in den Ruhestand versetzt habe. Folgte also noch das berühmte dreimonatige Gratiale bis zur Vakanz.

Der Ehinger Amtsrichter ging mit seiner Frau zu Rate, und unschwer wurde man darüber einig, sich einmal menschlich und beamtlich Blaubeuren und sein Amtsgericht anzusehen. Denn auch ein Ehinger Amtsrichter kauft nicht gerne die Katze im Sack.

Daß dieser Augenschein mit Frau erfolgte, war nicht nach Dodels Art. Aber noch während der Wohnungsbegehung erfuhr er, daß auch die Frau seines vermutlichen Nachfolgers eine Wirts- und Brauereibesitzerstochter war. Also wurde zu guter Letzt im „Grünen Baum“ der Einstandsschoppen getrunken. Dabei ging es bald um die alte Kontroverse: Wein auf Bier oder Bier auf Wein.

Dodel erzählte, daß sein vorletzter Hilfsrichter dem Justizministerium berichtet habe: „Wein aber ist allen Getränken vorzuziehen.“ Nicht aus Bildungsgründen, sondern um seine Münsinger Gerichtstags-Diäten zu verbessern.

Die Problematik der amtlichen Diäten veranlaßte den Ehinger Amtsrichter, vom Bopfinger Gerichtstag seines früheren Amtsgerichts Neresheim zu erzählen. Auch hier war die Unzulänglichkeit der staatlichen Auslösungen Ereignis geworden, auf jeden Fall dann, wenn der heimmarschierende Gerichtstag vor einer zwölfstündigen Abwesenheit die Neresheimer Ettergrenze überschritt. Um hier dem heimischen Gericht die Tugend erhalten zu helfen, hatte der Neresheimer Albverein einige hundert Meter vor der Stadttafel ein

Bänkchen an die Straße gestellt. Darauf setzte sich notfalls der Gerichtstag und wartete ab, bis es drunten im Städtchen sieben Uhr schlug. Mit zwölf Stunden und zehn Minuten Dienstabwesenheit war das Problem in der versöhnlichen Welt der Billigkeit gelöst.

Nach alledem konnte man dem Ehinger Amtsrichter den Stuhl des Prätors von Blaubeuren wohl gönnen. Aber „die Frau Oberamtsrichter" hätte er eben doch daheim am Ofen lassen können.

Da wandte sich Dodel mit einem Ruck an die Kollegenfrau, brachte ihr seinen Krug „Kronenperle" zu und beschloß den Dämmerschoppen mit den weithin hallenden Worten: „Frau Amtsrichter, dös ischt a Bierle. Do könnet Se – bronza."

DER LETZTE FALL

Es gibt auch im Leben des Richters Augenblicke, da er dem Weltgeist näher ist als sonst und eine Frage frei hat an das Schicksal. Einer dieser schicksalsträchtigen Momente liegt auf der Dienstaltersgrenze, der Schwelle zum gesetzlichen Ruhestand.

„I moin, i sei airscht gestern do uffzoge", bemerkte Dodel noch diesseits der Schwelle, welche für ihn der Dienststundenschluß des 15. September 1913 bedeutete. „Ond do send des scho 21 Johr." Er wandte sich an seinen Referendar: „I woiß au no, wia mein Oberamtsrichter vor 36 Johr gsait hot, Herr Kollege, hot er zu mir gsait, i moin, i sei airscht gestern do uffzoge. I ben domols Referendar g'sei en Stuagert." Der Blaubeurer Referendar nahm es zur Kenntnis, wie weiland Referendar Dodel in Stuttgart.

Eines aber hatte Dodel seinem Referendar nicht verraten, daß ihm, wie Wallenstein, Vergangenheit und Zukunft in einen Augenblick zusammengerückt, an seinem inneren Gesicht vorübergegangen waren. Und daß auch sein ahnungsvoller Geist an einer Stunde Schicksal die fernste Zukunft geknüpft hatte.

Der Blaubeurer Oberamtsrichter hatte hier zu seiner erhabenen Seele gesagt: *Der* Zeitgenosse sollte ihm Symbol seiner Vergangenheit und Deuter seiner Zukunft sein – Mann, Weib oder Kind, Rechtsanwalt, Gerichtsvollzieher oder Landjäger –, welcher ihm in seiner letzten Amtshandlung begegnen, somit sein letzter Fall sein würde. Das war noch alles eher denn eine ausgemachte Sache, damals in jener zukunftsträchtigen Stunde.

Dodel räumte in der Oberamtsrichterkanzlei behutsam alles zusammen, das Opernglas, den Spatzendrilling, die eigenen Kommentare des BGB und des StGB, der ZPO und StPO, lang abgelebte Auflagen. Dem Ulmer Staatsanwalt verriet er nach der letzten Hauptverhandlung, daß die Frau Oberamtsrichter vor lauter Ruhestands-Organisation seit Tagen im Ring herumrenne. Zu seinen Kommentaren aber sagte er unter Ausschluß der Öffentlichkeit. „An uich haun i sowieso

no nia a Freud g'het.“ Er hatte nämlich beschlossen, sie – wie die weiland Stuttgarter Gnadenassessor-Akten – allesamt zu verbrennen.

Am 15. September 1913, dem Schicksalstag, schien sich alles so zu fügen, als ob der Gefängniswachtmeister

Schrammeck oder die Putzfrau Ölkuch diejenigen wären, welche ihm als letzte im Amt entgegenkommen würden. Nach all den Fällen und Akten, Funktionären und Erlassen, Staatsanzeigern und Gesetzblättern, nach 31 Jahren Geschrei und Gezeter, Verhandlungsluft und Erlaßdeutsch, eingewickelt in einen Riesenknäuel rechtlich relevanter Verwicklungen.

Da meldete ihm in letzter Stunde sein Gerichtsschreiber Oswald, daß der Altenteiler Georg Birkle aus Machtolsheim schon etliche Stunden im Parteienzimmer sitze und auf eine kommissarische Zeugenvernehmung warte, zu welcher bisher keine Partei und kein Prozeßbevollmächtigter erschienen wäre.

Also war der Altbauer Georg Birkle der Mann des Schicksals. Dodel nahm ihn und den Verzug ohne Donnerwetterfinale entgegen. Es handelte sich um die Beweisfrage, ob man zu Machtolsheim seit unvordenklichen Zeiten über den „Unkenweg" gegangen, geritten und gefahren sei, nec vi, nec clam, nec precario.

„So, Sia send em Ausdeng", eröffnete Dodel die Unterhaltung mit dem Altbauern, der ihm in Blauhemd und festlich gewichster Lederhose gegenüberstand.

„Jo, i haun zom letzte Martini übergebe, damit mei Schorch hot von vorne anfange könne, so wie'n i vor 31 Johr von vorne ang'fange han – noch mein'm Vater, der wo vor 66 Johr von vorne ang'fange hot – noch mei'm Großvater, der wo vor 98 Johr von vorne ang'fange hot – noch mei'm Urähne ..."

„Der wo vor 125 Johr uffzoge ist, nachdem er Uieren Urähne pensioniert oder bei lebendigem Leib beerbt hot", schloß Dodel die endlos einförmige Reihe.

„Er hot au scho wieder en Nachfolger, der Schorch", spann der geschwätzige Schicksalsmann weiter, „ond er hot ehn au Schorch tauft, 's ischt wege dem Sackname, wisset Se, Herr Oberamtsrichter. Ond daß ih's doch net vergeß, dös Alteteil oder, wia Sia saget, der Ruhestand, der ischt scho erdelangweilig. Dös därfet Se mir glaube, Herr Oberamtsrichter Dodel."

Da stellte Dodel die letzte Beweisfrage seines aktiven Richterlebens.
„Se hent mi überfroget", antwortete der Zeuge Georg Birkle aus Machtolsheim. „I woiß es bloß von mir, ond do net sicher, ob i net au scho han' froge müsse bei dem Fahre uff dem Unkeweg." Und ringsum glänzte festlich die gewichste Lederhose unter'm Blauhemd hervor.
„Soso", nickte Dodel, „nex wisset Se, ond erdelangweilig ischt's... Wisset Se, wege dem doppelte Nex – uff dem Unkeweg ond en dem Ruhestand – do hättet Ihr Uiren Furzkaste net poliere brauche."

DER ULMER RUHESTAND

Mit der Pensionierung hat auch der Richter

„In rundem Bauche, mit Kapaun gestopft,
Mit strengem Blick und regelrechtem Bart,
Voll weiser Sprüch' und nüchterner Exempel"

Anspruch auf jenen sechsten Akt der seltsam wechselnden Lebensgeschichte, dem Shakespeare das Motiv der Groteske zugrunde legt.

Dodel hatte es vorgezogen, schon zwei Jahre vor dem gesetzlich verordneten Abgang von der Bühne des Richters und des Richterkönigs abzutreten. Er hatte sich danach nicht in die Zuschauerreihen gesetzt, die Beine ausgestreckt und den betrübten und den heiteren Szenen des Nachfolgers gelauscht und zugeschaut. Auch saß er nicht in der Kulisse eines Nebenzimmers beim Viertel Heilbronner und in der Zahl der übrigen abgetretenen Haupt- und Nebenspieler des Amtsstädtchens. Er wurde auch nicht Rechtsanwalt.

Der berühmteste aller Blaubeurer Oberamtsrichter verzog sogleich in die Landgerichtsstadt Ulm, wohin er 21 Jahre lang alle unzufriedenen Mitspieler seiner Gerichtsbühne „zu dene Ölschläger nei" geschickt hatte. Auch hier gedachte Dodel keineswegs, seinen Menschen zu pensionieren, Briefmarken zu kleben oder einen dürren Sonettenkranz um den anderen zu winden. Er blieb, was er im Grunde immer war: Spieler der Schelmenrolle Dodel vor den Menschen und vor sich selber. Wie in seinen Blaubeurer Jahren, wenn er an Königs

Geburtstag gelegentlich einen wilden Urlaub bis in den Neu-Ulmer Löwenbräu hinüber antrat, obwohl er die Prominenz im Seminar-Festsaal hatte wissen lassen, daß er komme, „ond be halt doch neane na gange".
So war der Pensionär aus Blaubeuren nun den Ulmern „dr Dodel vo Blaubeure", sich selber aber nur Dodel, der Erleidende vor dem letzten Akt mit

„... zweiter Kindheit, gänzlichem Vergessen
Ohn' Aug', ohn' Zahn, ohne Geschmack, ohn' alles."

Als solcher hatte er in gemessener Frist immer wieder

die Türen der Landrichter und Landgerichtsräte im Ulmer Justizgebäude abgeklopft und war auf dieser Reise auch zu dem Landrichter Franz Oechsler, dem Bruder des Ellwanger und Heilbronner Dichterjuristen, gelangt. Der Besuch war immer kurz. Am Ende sagte der Landrichter Oechsle zu seinem Referendar die schlichten Worte: „Es war der Herr Oberamtsrichter Dodel aus Blaubeuren." Wobei er allemal wie ein junges Mädchen errötete.

Schließlich wurde der Herr Landrichter zum Landgerichtsrat erhoben. Als einer der ersten Gratulanten erschien Dodel in der Kanzlei. Die Gratulation war kurz, und noch während der Zeremonie langte Dodel nach hinten, wo ein anderer in der Gesäßtasche die Pistole führt. Dodel zog mit dem Ende seines Glückwunsches zur staatlichen Anerkennung und Altersbestätigung – gleichsam als Abgesang – eine Schnapsflasche heraus. Über sie sprach er die schlichten Worte: „So, dia hot etz grad de richtige Arschbacke-Wärme."

DER RICHTER-NEKROLOG

Während Dodel in seinem Ulmer Ruhestand herumging, war dort – von außen her gesehen – auf der endlosen Straße dienstlicher Notwendigkeiten Landrichter Gustav Widenmann angekommen. Er brachte an die zwei Dutzend Tabakspfeifen und das Corpus Juris mit. Auch ein Stirner-Bild mit der Widmung „Alt-Ellwangen, du Feine..." Dies alles hätte den Kömmling über den Bezirk der aktiven Justitia hinaus und also auch dem Pensionär Dodel kaum bekannt gemacht, wenn er nicht noch seine berühmte Stentor-Stimme mit eingebracht hätte. Ob dieses grundgewaltigen, weithin hallenden Organs war Gustav Widenmann schon als krasser Fuchs zu Tübingen der „Schreigustav" genannt worden.

Der schritt eines Tages über den Ulmer Münsterplatz, und neben ihm ging ein Bauer aus den Holzstöcken. Wie ein Bannstrahl trafen Dodel über die Apostelstraße herüber die Worte: „Habet Ihr des Buch g'sehe auf meinem Schreibtisch? In dem Buch stehet 2385 Paragraphen drin. Zehn Semester hab' ich gebraucht, bis ich die alle studiert hatte. Euer Rechtsanwalt hat sich sogar fünfzehn Semester lang darum geplagt. Macht, sage und schreibe, zwölfeinhalb Jahr Studierzeit. Da müsset Se uns doch wohl zugebe, daß wir es besser wisset als Sie, was da in dem Bürgerlichen Gesetzbuch drinstoht..."

Als Dodel am übernächsten Tag den Dienstweg dieses

Metzgerturm Ulm

bemoosten Juristen kreuzte, sprach er ihn an mit den klassischen Worten: „I ben der Dodel vo Blaubeure!"

„Sehr angenehm! Landrichter Widenmann aus Ellwangen!" sagte der andere.

„Saget Se amol", knüpfte Dodel weiter an, „warom saget Se do aus Ellwange?"

„Weil Ellwangen – dulce Elvacia! – die angenehmste Stadt auf der Welt ist, um darin zu leben und zu sterben", sagte Gustav Widenmann.

„Noch send Se sicher au en gebürtiger Ellwanger?" forschte Dodel.

„Civis Elvacianus sum!" bekannte der Landrichter.

„No verstand i aber scho glei gar net, warom Se do zu dene räse Ulmer rei gange send!“ rief Dodel.
„Weil ich meinen Nekrolog suche und keiner in Ellwangen ihn mir halten will“, sprach düster versonnen der „Schreigustav“.
„Wäret Se Schulmeister worre“, fuhr es aus Dodel heraus, „nocha könntet Se Ihre pädagogische Böck scho do uff dere Stroß romlaufe sehe.
Wäret Se Redakteur worre, nocha stündet dia journalistische Böck em ‚Tagblatt‘ drenne. Etz aber müaßet Se scho uff Ihren Akteturm nuffsteige. Noch könnet Se über dia Mauer zu Ihre juristische Böck em Landgerichtsgefängnis henter em Justizstadel neisehe.
Dia Pfarrer do drübe, dia hent's wieder schwerer. Dia müaßet zu ihre theologische Böck scho bis en d' Höll nasteige.
Mein Sohn aber – der Herr Primaner – will e Dokter Eisenbarth werre! Der wird druff verzichte müsse, naoch seine medizinische Böck z'gucke – uff em Friedhof drauße!“
Da rief gerade der mähnenbewehrte Zeitungs-Burger über den Münsterplatz: „Also sprach Herr Doktor Wirth, des Deutschen Reiches treuer Hirt!“
„Ja so“, sagte Dodel, „des geit's au no, dia Politiker.“ Dene ihre Böck ...“ Doch diese Worte sprach er nur noch zu sich selber.
Der Landrichter Gustav Widenmann war bereits von der Straßenbühne abgetreten. Er meditierte, was das alles mit seinem Nekrolog zu tun habe und daß der Staat doch wohl daran tue, auch seine Oberamtsrichter beizeiten zu pensionieren. Was dieser Dodel aus Blaubeuren wieder anschaulich demonstriert habe.

DIE BEFÄHIGUNG ZUM RICHTERAMT

Der Oberamtsrichter im Ruhestand, Wilhelm Dodel, hatte zu Ulm anfänglich in der Zinglerstraße „im Hauszins“ gewohnt. Später zog er zur Heimstraße um.

„Ein Morgen – und ein Morgen – und ein Morgen
Kriecht so mit Schneckenschritt von Tag zu Tag
Zur letzten Silbe in dem Buch der Zeit ...“

Der Ausdinger Georg Birkle aus Machtolsheim hatte es vorausgelebt und dem Oberamtsrichter Dodel als „Letzten Fall“ bekannt, was Shakespeare allen Pensionären ins Textbuch geschrieben hat.

Was Wunder, wenn es den Mann und Salomo aus dem Blaubeurer Gerichts-Königreich täglich auf die Ulmer Agora zog, wo mehr und mehr der Schlußakt mit „zweiter Kindheit, gänzlichem Vergessen“ ihm wohltätig verhüllte, daß die besten Szenen ausgespielt waren. „Bedeutend – nichts.“

Als dann am 9. November 1932 „die Frau Oberamtsrichter“ starb, war es so weit, daß auch Dodel nicht mehr gesehen und gehört wurde. Die Familie nahm ihn von der Ulmer Bühne weg ins bayerische Schwaben, wo er am 24. Januar 1934 starb. Im Getümmel der modernen Münsterstadt an der Donau ist Dodels krause Lebensmelodie verklungen und vertan. Die Blaubeurer aber sagen noch heut: „Bei uns ist er henne, den lent mer au nemme naus!“ Sie meinen ihren Talkessel und seine runde Theaterscheibe, wo nicht so leicht etwas verstellt werden kann.

Dodel aber war die Gnade zuteil geworden, unmittelbar, das heißt ohne zeitweiligen Freiheitsentzug, auf der barocken Himmelstreppe aufzusteigen. Kaum hatte jener „grimme Fährmann, den die Dichter singen“, ihn „über die betrübte Flut“ des zweiten Duldenmüssens hinweggesetzt, als sein im reinen Anschauen wieder scharf gewordenes Auge auf der linken Seite der doppelläufigen Himmelstreppe wandelnde Schatten sah, welche im Leben Frauen heißen. Das ließ ihn fast zur Salzsäule erstarren. Doch sogleich stellte er getröstet fest, daß dieses Meisterwerk von Treppe – jedenfalls in seinen erdennahen Stockwerken – zwiegeteilt, aber nicht zusammenlief. Wie ein zweiter Orpheus wanderte er ohne Rückschau und Seitenblick seiner Berufung nach. Immer aber, wenn in den schwungvollen Kehren das ewig Weibliche ahnungsvoll sich nahte, nahm Dodel ascendens hinter Wolken und Voluten sorgliche Deckung, bis drüben nur mehr der reine Glanz der Höhe auf den Stufen lag.
„Net hudla!“ beschloß der Oberamtsrichter, „no net hudla!“ Da hörte er eine vertraute Stimme erzählen: „Und welche Frechheit er sich nach seinem Herrlinger Techtelmechtel noch geleistet hat! Der Deutschprofessor Avenarius hat ihn auf seine sogenannte Dame angesprochen. Er hat ihn auf lateinisch gefragt: ‚Uxor tua?‘ Was heißt: ‚War es Deine Frau?‘ Denken Sie nur, da hat er zur Antwort gegeben: ‚Homo meum!‘ Was zu Deutsch nur geheißen hat: ‚Mein Mensch ist's gewesen.‘“
Fast wäre der Blaubeurer Salomo aus der Wolke gefallen. Drüben wandelte die Präzeptorsfrau Henriette Freudenreich mit der Fäßleswirtin von der Blaubeurer Alb vertraut zur Höhe hinan. Dodel hörte gerade noch, wie die Wirtin „sodele“ sagte, „sodele!“ Nun sah er nur noch abwärts der blanken Himmelstreppe eine Bleichwiese liegen mit einem spitzen Kirchturm, um den zwei Lerchen sangen.
Da wurde er auf seiner Männertreppe angerufen...

Wie viele Schatten waren schon an ihm vorbeigewandelt! Die meisten stumm und unberührt von allen Mitwallern auf dieser steilen Pilgerstraße: Die Exzellenz von Faber, der Eckstoffel von Bermaringen und der Adam Kraft vom Zigeunerhochsträß ... Er hatte gerade noch gehört, wie der Adam erzählte: Bei seiner letzten Sache wegen Einbruchdiebstahls habe er sich „einen armen Anwalt" als Pflichtverteidiger beiordnen lassen, und der habe ihn auch freigebracht ... Den Oberamtsrichter Beck von Waiblingen, die Ulmer Rechtsanwälte Dr. Fuchs I und Gumpp, den Tobias Hohnerlein „Zum kleinen Nutzen" samt dem Stadtmauser Wohlfrom aus dem Hohen Wil hatte er die Himmelstreppe heraufkommen sehen ...

„Herr Oberamtsrichter Dodel! Herr Oberamtsrichter Dodel! Damals, als ich Goethe las ...", hörte er sich unzweifelhaft von seinem Gerichtsvollzieher Gustav Gäbele angehalten. Rasch trat er hinter die Wolke. Gerade noch hatte er erspäht, wie neben dem philosophierenden Vollstreckungsbeamten der Ulmer Dreikannen-Braumeister Karl Eiselen am Kappenschild zog und der Oberamtmann Ungenad die Nase rümpfte ...

„Laß dir Zeit! Dia Sach will ausbruatet sei!" beschloß Dodel vor und hinter der Wolke und Volute. Immer wieder traf er auf der Heimfahrt alte Bekannte: Die schöne Seele des „gnädigen Fräuleins" von Bardili im Verein mit der Häfnerin von damals und der Jungfer Sabine Frommet ... Die Landgerichtsräte Lehner und Oechsler kamen ... Der Seißener Bockbauer und der Metzger Gottfried Ephraim Neander waren vorübergezogen. „Hähä! Hähä!" hörte er den Totengräber Selig meckern. Der Suppinger Schultheiß sprach wie im Traum vor sich hin: „Jo, hent Se's noch au doa? Jo, hent Se's noch au doa?" Aufwärts wanderten der Landgerichtsdirektor Schwäble aus Ulm, der „Deppisten"-Assessor Dr. Wonnesam und zwischen ihnen – Knulp. Knulp, sein ewiger Kunde! Der „Schrei-Gustav" Landrichter Widenmann erzählte mit Stentorstimme, daß

„Dulce Elvacia“ doch die angenehmste Lebe- und Sterbestadt gewesen sei. Mit ihm waren der Oswin von der Hohen Alb mit seiner dreimaligen Verheiratung, der Viehhändler Laupheimer und viele, viele Schöffen. Als Dodel gar den honorigen Kirchenpfleger Thaddäus Himmele von Asch ausmachte, konnte er nicht mehr an sich halten. „Du muascht zahle! Du muascht zahle!“ rief er ihm entgegen, bis der verklärte Kindsvater sich bestürzt in die nächste Wolkenkulisse verdrückte. Der „Blautopfspinner“ Eusebius Miesebe war nicht zu verkennen. „Der verfassungswidrige Reichskanzler – der verfassungswidrige Reichstag – die verfassungswidrige

Reichsregierung ...", zählte er auf, während der Widerstandskämpfer Johann Stubenrauch aus Schelklingen und die beiden kontradizierten Bäckermeister ihm schweigend an der Seite gingen ...

Wie oft hatten die Spiralen der Treppe zum Königreich der ewigen Schatten sich schon genähert! Immer wieder hatte Dodel sich zugeredet: „No net hudla! Laß dir Zeit! No net hudla!" Da hörte er auf der „Weibermühle" – so hatte er seine Gegenbewegung inzwischen getauft – eine Stimme aufwärtsdringen, gefährlich und scharf wie ein Rasiermesser: „Meiner hot mi jede Woch' verhaue, ond i haun es doch zu was brocht!" Es war die Berta Raffel aus Schelklingen und mit ihr die Putzfrau Oelkuch und – Hilf Himmel! – die „Frau Oberamtsrichter".

Hermes mit seinen Flügelschuhen konnte nicht rascher die Höhe des Olymps erstreben, als jetzt der Blaubeurer Oberamtsrichter die letzten Windungen der barocken Himmelstreppe nahm. Oben auf der Plattform standen viele Ankömmlinge vor einem Anschlag an der Himmelstüre. Aber Dodel beachtete das alles nicht weiter. Er hörte nur, wie Petrus, der Türhüter, einen Mann vor ihm fragte: „Und wie steht es mit Paulus cum Paula – in eodem lecto jacens ...?" Der Vordermann sagte: „Pater noster non dicit." – „Strafe erstanden", lachte Petrus. Er ließ den Präzeptor im Ruhestand Freudenreich eingehen.

Da drängte sich auch Dodel mit hinein. „I ben der Dodel vo Blaubeure", sagte er. „Lasset me nei! Lasset me nei!"

„Du kommst mir wie geschliffen", entgegnete der Himmelshüter. „Ich ernenne Dich zum Richter der unteren Ränge!"

Inzwischen hatte sich im Stehkonvent vor der Himmelstür eine Meuterei ereignet. Sie war ausgelöst durch den Anschlag, der, mit Flammenschrift geschrieben, verfügte, daß bis auf weiteres allen Juristen der Zutritt in den Himmel verboten sein solle.

„Wieder einmal eine Vertrauenskrise der Justiz!“, meinte der vorbeikommende Aurora-Vertreter Häring aus Klingenstein.
„Was geit's?“, frug Dodel den eintretenden Sattlermeister Rotter. „Ausschluß der Unchristlichkeit!“ meldete der gerade auch angekommene Wachtmeister Schrammeck. „Sie haben schon sofortige Beschwerde erhoben, weil der Herr Oberamtsrichter Dodel aus Blaubeuren eingelassen wurde.“
Da kam auch schon der himmlische Flügelbote dahergeeilt. Neben den Erlaß in Flammenschrift heftete er einen zweiten an die Himmelstüre. Er lautete kurz und bündig:

„Alle Juristen bleiben draußen. Der Oberamtsrichter Dodel ist kein Jurist!
Amen!“

INHALT

Im Verlag Karl Knödler sind u. a. noch erschienen:

Rosemarie Bauer/ Doris Oswald	Do lieg i ond träum
Fred Boger	Aus em Ländle
M. Bosch/J. Haidle	Schwäbische Sprichwörter und Redensarten
Fritz Joachim Brückl	Peterle vo dr Pfaffaschtub
Franz Georg Brustgi	A rechter Schwob wird nie ganz zahm
	Eine kurze Spanne Zeit
	Heiteres Schwabenbrevier
	Kleines Schwäbisches Wörterbuch
	Lichter spiegeln im Fluß
	Schnurren um Franz Napoleon
	So send se, dia Schwoba
	Uf Schwäbisch gsait
	Zu sein ein Schwabe ist auch eine Gabe
Kurt Dobler	Fürs Herz ond Gmüat
	Onder ons gsait
Norbert Feinäugle	Kleines Reutlinger Lesebuch
Harald Fischer	No so drhärgschwädsd
Lore Fischer	Von Adam ond Eva bis zu de Schwoba
Dr. Frosch	An schimmernden Gewässern
	Reutlingen aus der Froschperspektive
	Wolkenlücken
Bruno Gern	Des laß dr gsait sei
	Sonnaschei und Reaga
	Sonnawirbel
Erwin Haas	Ällaweil gradraus
	Wohl bekomm's
	Württemberg, oh deine Herren!
Karl Häfner	Alte Leut
	Mier Schwobe wearnt mit vierzge gscheit
	Vom schwäbischen Dorf um die Jahrhundertwende
	Vom Vierzger a'
Georg Holzwarth	Denk dr no
Ernst Kammerer	So isch no au wieder
Karl Keller	Poetisches Hausbüchlein für Schwaben
Otto Keller	Sacha und Sächla
	Schnitz ond Zwetschga
	's End vom Liedle
Lore Kindler	D'r Spätzlesschwob
Matthias Koch	Kohlraisle
Wilhelm König	Dees ond sell *(auch mit Schallplatte)*
	Hond ond Kadds
Kurrle/Marx-Bleil	Gell, do guckscht!
Alfred Leucht	Württemberg vor 500 Jahren
Hedwig Lohß	Aus meim Schwalbanescht
Eugen Lutz	Mei' Wortschatz

Manfred Mai	So weit kommts no
Marianne Menzel	's Kätherle läßt d' Katz aus em Sack
Bernd Merkle	So semmer hald
Rudolf Paul	's Matthäus-Evangeliom für Schwoba
Helmut Pfisterer	Weltsprache Schwäbisch
Rösle Reck	Älles ischt menschlich
Marie Richter-Dannenhauer	A bonter Strauß Vergißmeinnicht
Ilse Rieger	Oder it?
Sebastian Sailer	Schriften im schwäbischen Dialekte
Adolf Schaich	Jetz isch letz
Hilde Schill	Moosrösle
	's Schatzkämmerle
Heinz Eugen Schramm	. . . Er kann mich hinden lekhen
	G-W (Gogen-Witze)
	Kaum zu glauben . . .
	Magscht mi?
	Maultasche
	Wia mr's nemmt
Lina Stöhr	Grad zum Possa!
	Hoimetkläng
Wendelin Überzwerch	Erzähltes und Geschütteltes
	Sprache des Herzens
	Uff guat schwäbisch
Werner Veidt	Heiter fällt das Blatt vom Baum
	I möcht amol wieder a Lausbua sei
	Mr schlotzt sich so durchs Ländle
	Oh Anna Scheufele
	(alle 3 Ausgaben auch in Kassette)
Friedrich E. Vogt	Bsonders süffige Tröpfla
	En sich nei'horcha
	Schwabenfibel
	Schwäbisch auf deutsch
	Schwäbisch mit Schuß
	Schwäbische Spätlese mit Versen
	Täätschzeit
Winfried Wagner	Berno
	Bloß guad, daß i an Schwob ben
	Mir Schwoba send hald ao bloß Menscha
	Ons Schwoba muaß ma oifach möga
	Schwäbische Gschichta
Rudolf Weit	Grad so isch
	Net luck lao
	No net hudla
	Ois oms ander
Willrecht Wölhaf	Was mr grad en Strompf kommt

In allen Bändchen findet der Leser und Vortragskünstler humorvolle, bodenständige »bodagscheite« Gedichte, Witze, Anekdoten und Prosatexte zum eigenen Vergnügen und zum Vortragen in fröhlichen Kreisen.